구운몽

KB092253

구운몽

서해문집 청소년 고전문학 005

초판 1쇄 발행 2023년 1월 15일
초판 2쇄 발행 2025년 1월 15일

지은이	김만중
옮긴이	홍인숙
해 설	김영희
그린이	이로우
펴낸이	이영선
책임편집	이현정

편집	이일규 김선정 김문정 김종훈 이민재 이현정
디자인	김회량 위수연
독자본부	김일신 손미경 정혜영 김연수 김민수 박정래 김인환

펴낸곳 서해문집 | 출판등록 1989년 3월 16일(제406-2005-000047호)
주소 경기도 파주시 광인사길 217(파주출판도시)
전화 (031)955-7470 | 팩스 (031)955-7469
홈페이지 www.booksea.co.kr | 이메일 shmj21@hanmail.net

ⓒ홍인숙 김영희 이로우, 2023
ISBN 979-11-92085-86-9 43810

서해문집
청 소 년
고전문학
005

구운몽

김만중 지음
홍인숙 옮김
김영희 해설
이로우 그림

서해문집

머
리
말

《구운몽》의 재미를 어떻게 설명할까요? 그냥 재미있는 게 아니라 재미있어 죽겠는 그 맛을요. 순한 맛은 절대 아니고요. 매운맛, 탄 맛, 불 맛…. 뭔가 사람을 끌어당기는, 자극적이고 중독성 있는 맛입니다.

주인공은 아홉 명, 잘생긴 한 소년과 아름다운 여덟 소녀입니다. 열다섯 살 양소유가 남자 주인공이지요. 얼굴이 희고 깨끗하고 맑아서 여장을 하면 누구나 여린 소녀로 착각할 만큼 곱습니다. 연약해 보여도 머리가 좋고 문장과 학문이 뛰어나며 검술과 활쏘기까지 천하제일입니다. 이 소년은 과거를 보러 떠난 길에서 소녀들과 차례로 인연을 맺는답니다.

진채봉을 만납니다. 아름답게 나부끼는 버드나무 아래서 한눈에 반한 첫사랑이지요.

계섬월을 만납니다. 잘난 체하는 귀족 선비들의 코를 납작하게 만들어 그녀의 마음을 얻어 냅니다.

정경패를 만납니다. 양소유가 여자인 척 꾸미고 찾아가 악기를 연주하며 고백을 합니다.

가춘운을 만납니다. 정경패와 절친한 가춘운은 귀신 장난으로 양소유의 혼을 쏙 빼놓습니다.

적경홍을 만납니다. 준수한 소년으로 변장한 적경홍은 양소유를 어리벙벙하게 만들지요.

난양공주를 만납니다. 난양과의 혼사 중에 어찌 된 일인지 정경패가 공주의 자리에 오릅니다.

심요연을 만납니다. 비수를 들고 찾아온 날렵한 자객의 정체는 아리따운 소녀였습니다.

백능파를 만납니다. 마실 물이 없어 곤경에 처한 양소유의 군대에 도움을 주지요.

각양각색의 만남도 재미있지만, 외모와 능력과 사랑을 다 가진 양소유가 소녀들에게 뭔가 한 방 먹고 당하는 역할이라는 점이 이 작품의 진짜 재미입니다. 특히 여덟 소녀의 다채로운 매력은 요즘 케이팝 아이돌 멤버를 보는 듯합니다. 저마다 색깔이 선명하고 성격도 뚜렷한 데다 양소유를 약 올리는 전략을 짤 때면 칼군무처럼 착착 움직입니다. 재치 있고 우아하고 호흡이 척척 맞습니다. 정경패와 난양공주가 보여 주는 리더십과 나머지 여섯 사람이 서로를 위하는 마음은 팬심까지 불러일으킵니다.

이 모든 이야기가 선남선녀 아홉 명의 인생이 뜬구름 같다는 것을 말하기 위함이었다면 너무한 걸까요. 양소유가 세상의 부귀공명과 여덟 소녀와의 사랑을 이루어 가는 이야기 앞뒤에는 성진 스님과 여덟 선녀가 깨달음을 얻는 여정이 액자처럼 놓여 있습니다. 액자 안의 흥미진진한 이야기와 액자 밖의 심각한 이야기가 기가 막히게 조화되어 있지요. 꿈과 현실의 위치를 살짝 바꾸어 꿈이 현실처럼, 현실이 꿈처럼 그려져 있는 점도 절묘합니다. 조선판 〈매트릭스〉라고나 할까요. 여기서 화려한 인생을 즐길지, 심오한 깨달음을 음미할지는 온전히 읽는 사람의 몫입니다.

《구운몽》은 서포 김만중이 어머니 윤 씨 부인을 위해 지었다고 합니다. 윤 씨 부인은 학식이 높아서 《소학》《사략》 등의 한문 책을 어린 김만중에게 직접 가르쳤다지요. 그래서 학자들은 《구운몽》의 최초 모습이 한문본일 수 있다고 추정해요. 하지만 영조 임금까지 지은이가 누구인지 물을 만큼 인기 있는 소설이라 한글본도 널리 유통되었습니다. 이 책은 서울대학교 규장각에 소장된 한글본을 바탕으로 했습니다. 가장 오래된 판본이자 옛 우리말의 느낌이 잘 살아 있고, 서론과 결론이 한문본보다 완전하기 때문입니다. 한문본은 보완에 참고했습니다.

지금의 말로 《구운몽》을 옮기며 가장 많이 생각한 건 이거였어요. '어떻게 하면 고상하고 간질간질하면서도 톡 쏘는 이 재미를 그대로 전하지?' 《구운몽》은 만나고 사랑하고 노는 즐거움을 순수하게 끝까지 추구했을 때 저절로 높은 경지에 도달한다는 걸 보여 주는 멋진 소설이랍니다. 그 특별한 재미를 같이 느껴 보아요.

홍인숙

차
례

머리말 • 4

노스승은 남악 형산에서
불법을 가르치고

젊은 제자는 돌다리에서
선녀들을 만나네

천하에 이름난 산 다섯이 있다. 동쪽에 있는 산은 동악 태산, 서쪽에 있는 산은 서악 화산, 가운데 있는 산은 중악 숭산, 북쪽에 있는 산은 북악 항산, 남쪽의 산은 남악 형산이다. 이를 두고 오대 명산이라 했다.

오대 명산 중에서도 남쪽의 형산이 가장 먼데 호수가 많아 아름다웠다. 특히 형산에서 제일 높은 봉우리인 연화봉은 항상 구름에 가려 맑은 날에만 신비로운 모습을 드러냈다. 위 부인이라는 덕이 높은 선녀가 옥황상제에게 벼슬을 받은 뒤, 바로 이 형산에 제자들을 데려와 근거지로 삼으니 '남악 위 부인'이라 불렸다.

당나라 시절 서역 천축국*에서 온 한 스님도 형산 연화봉의 신비함을 사랑해서 그곳에 암자를 짓고 사람들을 가르쳤다. 교화가

* 천축국   지금의 인도

크게 일어나 사람들이 '산부처가 세상에 나왔다'고 존경했다. 스님은 항상 《금강경金剛經》을 지니고 읽으며 도를 닦았고 사람들은 스님을 '육관대사'라 불렀다. 육관대사의 문하에는 제자 수백 명이 있었다. 배움이 남달리 뛰어난 제자가 삼십 명이었는데 이 중에서도 가장 빼어난 젊은 제자는 성진이었다. 희고 깨끗한 얼굴에 맑은 마음을 가졌고 스무 살에 통달하지 못한 불경이 없으며 총명함과 지혜를 따를 자가 없었으니, 육관대사가 자신의 도를 이을 수제자 중의 수제자로 지목한 젊은이였다.

육관대사가 제자들을 데리고 부처님의 법을 설명할 때가 되면 많은 이가 그 말씀을 들으러 모여들었다. 동정호의 용왕도 흰옷을 입은 노인으로 변장하고 참석해 대사의 설법을 여러 차례 듣곤 했다. 하루는 대사가 제자들에게 말하기를,

"동정호 용왕이 여러 번 와서 경을 들었다. 내가 진작 답례를 해야 했는데 그러지 못했구나. 나는 지금 늙고 병들어 연화봉 밖을 나가지 않은 지가 십여 년이니, 너희 중에 누가 대신 용궁에 가서 답례 인사를 하고 오는 것이 좋겠다" 했다.

성진이 스승의 말씀을 듣고 자기가 가겠다고 청했다. 대사가 기뻐하며 허락하니, 차림새를 단정하게 가다듬고 육환장六環杖*을 들고는 동정호를 향해 떠났다.

---

* 육환장 고리가 여섯 개 달린 승려의 지팡이

성진이 출발한 지 얼마 되지 않았는데 문지기가 육관대사를 찾아와 이렇게 아뢰었다.

"선녀 위 부인께서 제자 여덟 사람을 보내 문안 인사를 드리겠다고 합니다."

육관대사가 들어오라 하니 팔선녀가 차례로 대사가 앉은 자리를 세 바퀴 돌면서 신선의 꽃을 뿌린 뒤 위 부인의 말씀을 전했다.

"대사께서는 연화봉 서쪽에 계시고 나는 연화봉 동쪽에 머물고 있어 가까운 처소에 살면서도, 상제께서 내리신 일이 많아 맑은 설법을 들으러 나아가지 못했습니다. 저의 제자 여덟 사람을 보내 대사의 안부를 여쭙습니다. 하늘의 꽃과 신선의 과실, 보배 몇 개와 비단 몇 필을 보내오니 정으로 받아 주실 것을 청합니다."

선녀들이 각각 가져온 꽃과 과실과 보배를 받들어 대사께 드렸다. 육관대사가 손수 이를 받아 시중드는 이에게 주면서 부처님께 바치도록 명하고, 합장하며 답례 인사를 했다.

"이 몸이 무슨 공덕이 있기에 위 부인의 정성을 받겠습니까?"

그러고는 팔선녀에게 두 번 절하고 대접해서 보냈다.

팔선녀가 육관대사의 법당을 나와 돌아가려 하는데 한 선녀가 말을 꺼냈다.

"형산은 사실 강 하나, 언덕 하나도 다 우리 집이나 마찬가지야. 그런데 대사가 이쪽에 법당을 여신 후로는 대사와 위 부인께서 서로 예의를 지키시느라 서쪽 연화봉 근처에 자주 와 볼 수 없게 되었지.

이번에 운 좋게 스승의 심부름으로 여기까지 오게 되었으니 해가 질 때까지는 바람을 쐬어도 좋지 않을까? 연화봉 끝까지 올라가서 시원한 폭포를 구경하고 시냇물에 손도 담가 보며 시를 읊고 돌아가 궁중 자매들에게 이렇게 놀았다고 자랑하면 좋지 않겠니?”

선녀들은 서로 “맞아, 맞아!” 하고 맞장구를 치면서 연화봉을 거닐었다. 정상에 올라가 폭포수가 시작되는 멋진 곳을 찾아 경치를 즐기다 냇물을 따라 다시 내려와 돌로 놓은 다리에 도착했다. 춘삼월 날씨는 따뜻하고 화창하며 온갖 꽃이 가득 피어 있는데 아름다운 새소리까지 여기저기서 들려오니 왠지 마음이 점점 더 들뜨는 것 같았다.

팔선녀가 돌다리 위로 올라가 아래쪽을 바라보니 산속에서 흘러내려온 여러 줄기의 물이 다리 밑에 모여 연못을 이루고 있었다. 그 차고 맑은 물 표면은 잔잔해 커다란 거울 같았는데 곱게 차려입은 여덟 선녀의 자태가 어리자 마치 한 폭의 미인도를 보는 듯했다. 선녀들은 물에 비친 자기 모습을 바라보며 스스로 홀린 듯해 차마 발걸음을 떼지 못하고 해가 저무는 줄도 모른 채, 연못가 돌다리에 그대로 머물러 있었다.

한편 성진은 물결을 열고 용왕이 사는 수정궁에 나아갔다. 용왕은 성진을 친히 맞이하며 크게 기뻐했다. 성대한 잔치 자리를 마련하고 진귀한 음식을 갖추어 대접했다. 또 손수 술을 따라 잔을 건네며 성진에게 마시라고 권했다.

성진이 말하기를,

"술은 사람의 마음을 흐리는 광약狂藥이옵니다. 불가에서는 이를 조심하라고 가르치시니, 송구하오나 마실 수 없습니다" 했다. 그러자 용왕이 말했다.

"불가의 가르침에서 술을 경계하는 줄은 나도 잘 알고 있습니다. 그러나 용궁에서 쓰는 술은 인간 세계의 광약과 다릅니다. 사람을 밝고 유쾌하게 만들 뿐 마음을 어지럽히지 않으니 마셔도 전혀 걱정할 것 없습니다."

이렇게 용왕이 계속 권하자 더는 거절하지 못했다. 하는 수 없이 연달아 세 잔을 마시고 나서야 겨우 하직하고는 바람을 타고 연화봉으로 돌아왔다. 형산의 산자락에 도착할 즈음 아직 술기운이 남아 얼굴이 달아올라 있음을 깨닫고 잠시 고민에 빠졌다.

'만일 스승께서 붉어진 내 얼굴을 보시면 이상하게 생각하고 꾸중하시지 않겠는가?'

그는 곧바로 냇물로 내려가 상의를 벗어 두고 두 손으로 물을 떠서 얼굴을 씻었다. 그런데 갑자기 신비로운 향기가 코에 흘러들었다. 향로에서 나는 냄새도 아니고 꽃이나 풀의 향내도 아니었다. 가슴속 깊이 스며들고 마음이 온통 흔들리는 듯한 느낌, 말로 표현할 수 없이 아름다워 홀릴 것 같은 향기였다.

성진은 생각했다.

'이 냇물의 상류에 무슨 꽃이 피어 있나 보다. 대체 무슨 꽃일까? 이렇게 어여쁘고 고운 향기가 물에까지 스며들어 있다니.'

다시 상의를 단정하게 입고 냇물을 따라 올라가 보기로 했다.

여덟 선녀는 여전히 돌다리 위에서 이야기를 나누고 있었다. 성진이 문득 나타나니 서로 놀라 마주 보았다. 성진은 육환장을 내려놓고 예의 바르게 합장하며 인사했다.

"선녀들이시여. 저는 연화법당 육관대사의 제자입니다. 스승의 명을 받아 산 아래 세상에 심부름을 갔다가 돌아오는 길이지요. 돌다리가 몹시 좁은데 선녀들께서 다리 위에 앉아 계시니 제가 그냥 지나가면 무례한 일일 듯합니다. 잠깐 발걸음을 옮겨 제가 지나갈 수 있도록 해 주시지요."

팔선녀가 예를 갖추며 대답했다.

"저희는 위 부인의 제자들입니다. 부인의 명을 받아 대사께 안부 인사를 드리고 돌아가는 길입니다. 저희가 듣기로 '남자는 길에서 왼쪽으로 가고 여자는 오른쪽으로 간다' 하더군요. 이 다리는 좁고 이미 저희 여덟 명이 앉아 있으니 스님께서 굳이 이 다리를 지나가시는 것은 매우 마땅치 않은 듯합니다. 다른 길로 가시는 게 어떻겠습니까."

성진이 말했다.

"냇물이 깊고 다른 다리도 없습니다. 저더러 어느 길로 가라는 말씀이신지요?"

선녀들이 말했다.

"옛날 도가 높은 스님들은 갈댓잎을 타고 바다를 건넜다 들었습니다. 스님은 육관대사의 제자라고 하셨으니, 분명 신통력이 있으시겠지요. 어찌 이 작은 냇물도 건너시지 못하고 여자들과 길을 다투려 하십니까?"

성진이 웃으며 대답했다.

"선녀님들 말씀을 들어 보니 제게 통행료를 받고 싶으신 모양입니다. 그러나 젊은 승려가 무슨 돈이 있겠습니까? 마침 비단 여덟 필이 있으니 이것을 드리고 길을 샀으면 합니다."

성진이 손을 들어 복숭아꽃 한 가지를 꺾더니 선녀들 앞에 여덟 봉오리가 하나씩 떨어지도록 던졌다. 떨어진 꽃봉오리는 화려한 비단으로 변했다. 여덟 선녀가 각기 한 필씩 주워 들고 성진을 돌아보며 환하게 웃고는 공중으로 몸을 솟구쳐 바람을 타고 올라갔다. 성진은 한참 동안 서서 선녀들이 가는 곳을 바라보았다.

이윽고 길을 돌려 법당으로 가서 육관대사께 인사를 올렸다. 대사가 늦게 온 이유를 묻자 이렇게 답했다.

"용왕이 정성껏 대접하며 붙잡아서 떨치고 일어나기 어려웠습니다."

대사가 물러가 쉬라 하자 자신의 방으로 돌아왔다. 날은 이미

어두워졌는데 여덟 선녀의 모습이 눈앞에 어른거리며 이런 생각이 들었다.

'남자가 세상에 태어나면 어려서는 글을 읽고, 자라서는 어진 임금을 모시며 전쟁터의 장수나 조정의 대신이 되는 것이 대장부가 할 일이라지. 비단옷에 옥허리띠를 매고 궁궐에 들어가 정치를 돌보며 백성에게 은혜와 도움이 미치게 하고 후세에 이름을 남기는 것이 진정한 보람 아닌가. 우리 같은 불가의 승려는 도덕이 높고 진리가 아름답지만, 한 바리 밥과 물 한 병, 불경 몇 권과 염주 백팔 개가 전부이니 쓸쓸하고 적막할 뿐이구나.'

평소에 없던 이런저런 생각에 밤이 깊어 가는 줄 모르다, 문득 정신을 차리니 눈앞에 다시 팔선녀가 나타났다 사라졌다. 성진이 속으로 뉘우치며 마음을 가다듬었다.

'내가 불가에 출가한 지 십 년에 한 번도 잘못된 생각을 하지 않았는데 이렇게 흔들리는구나.'

그는 향에 불을 붙여 올리고는 단정하게 방석을 깔고 앉아 염주를 고르며 부처의 덕을 생각하기 시작했다. 그때 갑자기 창밖에 동자가 찾아와 성진을 불렀다.

"사형은 잠들었습니까? 사부께서 부르십니다."

성진이 놀라 생각했다.

'깊은 밤에 부르시다니, 분명 무슨 일이 있다.'

동자와 함께 대사의 처소로 나아가니 육관대사가 모든 제자를 모아 놓고 등불을 낮처럼 환하게 밝히고는 큰소리로 꾸짖었다.

"성진아! 네 죄를 아느냐?"

성진이 꿇어앉아 말했다.

"소자가 스승을 섬긴 십 년 동안 불순한 말은 한 번도 한 적 없으나, 어리석어 아직 지은 죄를 잘 모르겠습니다."

육관대사가 말했다.

"중의 공부에는 세 가지가 갖추어져야 하니, 행동과 말과 마음이다. 너는 용궁에 가서 술에 취했고, 돌다리에서 여자를 만나 꽃을 던지고 유혹하는 말을 주고받았으며, 돌아와서는 여자와 세상의 부귀영화를 그리워하는 마음을 품었다. 이는 세 가지 행실을 한 번에 무너뜨린 것이니 죄가 참으로 크구나. 이곳에 머물 순 없다!"

성진이 머리를 숙이고 울면서 말했다.

"스승님! 제가 정말 큰 죄를 지었습니다. 하지만 술은 주인이 간곡히 권해서 마셨고, 선녀들과 말을 주고받은 것은 길을 빌리기 위함이었으며, 제 방에서 잠시 마음을 잡지 못했지만 곧 스스로 잘못된 생각인 줄 알아서 마음을 고쳐먹고 참선하고 있었습니다.

제자가 잘못하면 스승께서 회초리를 쳐 꾸짖고 가르쳐 주십시오. 어찌하여 내쫓으려 하십니까? 스승을 부모처럼 우러르며 열두 살 때부터 따르고 배웠으니 연화법당이 곧 저의 집입니다. 저더러 어디로 가라고 하십니까?"

육관대사가 말했다.

"네가 가고 싶어 하니 가라고 하는 것이다. 네가 있고 싶어 하는데 가라고 하겠느냐? 네가 가고자 하는 곳이 곧 네가 갈 곳이다. 황건역사*는 어디 있는가?"

그러자 홀연 공중에서 황건역사가 내려와 대령했다.

육관대사가 분부했다.

"너는 죄인 성진을 데리고 가서 염라대왕께 넘겨드려라!"

성진이 이 말을 듣고는 머리를 숙이고 비 오듯 눈물을 흘리며 말했다.

"스승님! 제 말씀을 들어 주십시오. 옛날 아난존자는 창녀와 몸을 섞었으나 부처님께서는 벌하지 않고 설법으로 가르치셨습니다. 제가 비록 죄를 지었지만 아난존자만큼 중한 죄는 아닌 것 같습니다. 어찌 염라대왕께 저를 보내십니까?"

육관대사가 말했다.

"아난존자는 창녀를 가까이했어도 그 마음은 어지럽히지 않았다. 그러나 너는 속세의 부귀를 흠모하는 마음을 먹었으니 어찌 사람으로 태어나 윤회하는 고통을 피하겠느냐?"

성진은 그저 흐느끼며 목 놓아 울 뿐이었다.

육관대사가 위로하며 이렇게 말했다.

"마음이 깨끗하지 못하면 법당에 있어도 소용이 없고, 마음이

---

* 황건역사 센 힘으로 세상의 마귀를 물리친다는 신

깨끗하면 인간 세상에 가도 돌아올 길이 있다. 네가 돌아오고자 하면 내가 직접 데려올 것이니 염려하지 말고 떠나라."

성진이 할 수 없이 절을 하고 물러나 동문들과 작별한 뒤 황건역사와 함께 염라부로 떠났다. 염라부 풍도성에 이르러 삼라전 아래에 무릎을 꿇고 앉으니 염왕이 물었다.

"성진 스님! 스님은 이미 그 명성이 높아서 육관대사의 뒤를 이어 연화법당을 이끌어 가실 인물로 알고 있소. 중생들이 모두 스님의 은혜와 덕을 입으리라 여겼는데 어찌 여기에 오게 된 것이오?"

성진이 부끄러워하며 염왕에게 말했다.

"제가 수양이 부족해 길에서 팔선녀를 만나 잠시 한눈을 팔았습니다. 이에 스승께서 벌을 내리셔서 대왕의 분부를 받게 되었습니다."

염왕이 성진에게 더 자세히 물으려고 하는데 염라부의 병사가 들어와 아뢰었다.

"문밖에 황건역사가 육관대사의 명으로 여덟 죄인을 또 데려왔습니다."

성진이 깜짝 놀라 바라보니 위 부인의 선녀 여덟 사람이 들어와 대청 아래 꿇어앉았다. 염왕이 온 까닭을 묻자 팔선녀가 부끄러움을 머금고 대답했다.

"저희는 위 부인의 분부로 육관대사께 문안 인사를 하고 돌아오는 길에 성진 스님을 만나 웃고 말하며 잠시 희롱을 나누었습니다. 대사께서는 저희가 불교의 법을 더럽혔다고 여기시어 이곳에 보내셨습니다. 저희의 운명은 이제 대왕의 손에 달려 있으니 좋은 땅에 환생할 수 있도록 처분해 주시기를 바랍니다."

염왕이 저승사자 아홉을 불렀다. 은밀히 분부를 내려 인간 세계로 보내기로 하자 홀연 큰 회오리바람이 일어났다. 아홉 명을 모두 공중으로 휘감아 올려 사방팔방에 흩어지게 했다.

성진은 바람에 날려 정처 없이 떠돌았다. 한 곳에 이르자 바람이 그치고 발이 땅에 겨우 닿았다. 정신을 차리고 보니 산이 사방을 두르고 시냇물이 굽이져 흐르는데 숲 사이로 대나무 울타리와 초가집 십여 채가 있었다. 사자가 성진을 인도해 한 집 앞에 서고는, 혼자 안으로 들어가며 성진더러 기다리라고 했다. 이웃 사람들이 나누는 대화가 들렸다.

"양 처사* 부부가 쉰 살에 처음 아이를 가졌으니 보기 드문 일이야. 그런데 해산하러 들어가서는 아직도 아기 울음소리가 나지 않으니 걱정이군."

성진은 자신이 양 씨 집 아들로 태어날 것이라 짐작하고 문득 생각했다.

* 처사 벼슬을 하지 않고 시골에 묻혀 사는 선비

'내가 인간 세상에 환생하는구나. 여기 온 것은 정신뿐이요, 육신은 연화봉에서 불태워졌겠지. 내가 젊어서 제자를 두지 못했으니 그 사리를 누가 거두었을까?'

성진의 마음이 서글퍼졌다. 그때 사자가 나와 말했다.

"여기는 당나라 회남도 수주 땅이다. 부친은 양 처사요, 모친은 류 부인이다. 전생의 인연으로 이 집에 태어나게 되었으니 어서 들어가라."

성진이 들어가 보니 처사가 마루에 앉아 약을 달이고 있고, 방안에서는 부인의 신음 소리가 은은히 들려왔다. 성진이 머뭇거리며 걸음을 떼지 못하고 있는데 사자가 뒤에서 그를 밀쳐 그만 공중에서 넘어지고 말았다. 정신이 아득해지며 천지가 뒤집히는 듯해 자기도 모르게 "살려 주시오!" 하고 소리를 질렀는데 말이 되지 않고 목구멍에 소리가 걸려 아기 울음소리로 나왔다.

"아기 울음소리가 크니 사내아이군요!"

산파의 말에 처사와 부인이 크게 기뻐했다.

그 뒤로 성진은 배고프면 울고 젖을 먹었다. 처음에는 연화봉과 법당의 일을 잊지 못했으나 점점 자라 부모의 은혜와 정을 느끼며 전생의 일을 완전히 잊어버렸다.

처사는 아들의 골격이 깨끗하고 빼어남을 보고 머리를 쓰다듬으며 말했다.

"이 아이는 천상의 존재가 내려온 것임에 틀림없다."

세월이 흘러 아이가 열두 살이 되자 이름을 소유少遊*라 하고 자를 천리千里라 했다. 소유는 얼굴이 옥같이 곱고 깨끗하며 눈이 샛별처럼 빛나고 문장이 뛰어났다.

하루는 처사가 류 부인에게 말했다.

"나는 본래 세상 사람이 아닌데 당신과의 인연이 있어 오래 이 땅에 머물렀소. 신선들이 자주 편지하며 내게 돌아오라 했으나 당신이 외로울까 걱정되어 떠나지 못했는데 이제 소유가 컸으니 의지할 곳이 생겼구려. 이 아들로 인해 부귀영화를 누릴 테니 나를 더 이상 생각하지 마시오."

말을 마치고는 흰 사슴과 푸른 학을 타고 도인들과 함께 깊은 산으로 들어갔다. 그 뒤로 처사는 가끔 하늘에서 편지를 보내곤 했으나 다시 집으로 돌아오지는 않았다.

* 소유 인간 세상에서 잠시 노닌다는 뜻

화음현의 소저는
편지를 보내고

남전산 도인은
거문고를 전하다

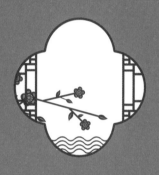

양 처사가 떠난 뒤 두 모자는 서로 의지하며 세월을 보냈다. 양소유의 뛰어난 재주가 알려지자 고을 태수가 신동이라며 그를 조정에 추천했으나 어머니와 헤어질 수 없어 나아가지 않았다. 소유가 열네 살이 되자 얼굴은 아름다워지고, 분위기와 기상이 이태백을 능가하며, 문장과 시가 나라의 최고요, 필법은 명필 왕희지와 같고, 여러 학설과 유불도儒佛道에 두루 능통하며, 검술과 활쏘기와 병법까지 정통하지 않은 것이 없었다. 몇 대의 전생에 걸쳐 수행한 사람의 실력이니 세속의 사람이 따라갈 수 있는 경지가 아니었다.

하루는 소유가 어머니께 아뢰었다.

"아버지께서 하늘로 올라가실 때 가문을 제게 맡기셨는데, 지금 집이 가난해 어머니께서 힘들어하고 계시지요. 제가 공명을 구해 아버지의 뜻을 이루어야겠습니다. 지금 서울에서 과거를 열어 선비를 뽑는다 하니 잠시 어머니 곁을 떠나 서쪽으로 가려 합니다."

류 부인은 아들의 기상이 보통이 아님을 알고 이별을 슬퍼하면서도 그를 막지 않았다. 양소유는 시종 한 명과 나귀 한 필을 거느리고 어머니께 하직 인사를 한 뒤 길을 떠났다.

며칠을 가서 화주 화음현에 도착했다. 서울이 가까운 곳이라 거리가 번성하고 화려했다. 과거 시험까지는 아직 시간이 남아 이곳저곳을 둘러보며 지나가는데, 문득 버드나무 숲이 푸르고 그 사이로 살짝 모습을 드러낸 작은 누각의 경치가 유난히 눈길을 끌었다. 소유가 천천히 말을 타고 그쪽으로 다가갔다. 길고 가는 버들가지가 땅에 드리워 나부끼는 모습이 느긋하고 아름다워 발을 멈추고 감상할 만했다.

'고향인 초 땅에도 아름다운 나무가 많지만 이런 버들은 본 적이 없었는데.'

소유는 자기도 모르게 버들을 노래하는 〈양류사楊柳詞〉를 지어 이렇게 읊었다.

비단같이 고운 푸른 버들이여

그림 같은 누각에 긴 가지 늘어뜨렸네

그대는 부지런히 심어 주오

이 나무가 가장 멋스러우니

푸르디푸른 버들이여

긴 가지가 고운 기둥에 나부끼네

그대는 함부로 꺾지 말아 주오

이 나무가 가장 다정하니

시를 읊는 소유의 목소리는 맑고 시원해 쇠나 옥돌로 만든 악기에서 울려 나오는 듯했다. 그 소리가 봄바람에 실려 누각 위에 올라가니, 잠시 봄잠에 빠졌던 옥 같은 미인이 일어났다. 여인이 창을 열고 난간에 기대 밖을 내려다보다 순간 소유와 눈이 마주쳤다. 풍성한 머리는 귀밑에 드리웠고 고운 비녀는 반쯤 흘러내린 듯한데 이제 막 잠에서 깬 모습이 꾸밈없이 순수하고 아름다워 말로도 그림으로도 표현할 수 없을 정도였다. 두 사람은 서로를 뚫어질 듯 바라보며 아무 말도 하지 못했다.

그때 소유의 시종이 와서 말했다.

"도련님, 저녁을 드시러 가야 합니다."

여인이 놀라 창문을 살며시 닫았다. 감돌던 향기도 함께 자취를 감추었다. 소유는 시종을 잠시 원망했으나 다시 여인을 만나거나 불러낼 수 없을 거란 생각에 할 수 없이 숙소로 돌아갔다.

이 미인은 진秦 씨 성을 가진 어사의 딸로 이름은 채봉彩鳳이다. 어머니를 일찍 여의고 다른 형제도 없이 아버지와 둘이 살았다. 진 어사가 서울에서 벼슬을 하고 있어 혼자 집에 있다가 문득 소유를

만난 것이다. 소저는 생각에 잠겼다.

'여자가 남편 될 사람을 만나는 일은 평생을 건 선택이지. 귀족 가문의 처녀인 내가 스스로 남편을 고르는 것이 사람들 눈에 어떻게 보일지 모르겠으나, 마음속에 뚜렷한 생각이 있으면 된다. 더구나 아까 그분의 이름도 모르고 사는 곳도 모르지 않나. 서울에 계신 아버지께 여쭈어보고 답이 오기를 기다린다면 그 사이 낭군께 연락을 드리고 싶어도 동서남북 어디 가서 찾을 수 있겠는가.'

진 소저는 급히 수놓인 종이를 펼치고 글 몇 줄을 써서 봉한 뒤 유모를 불렀다.

"앞에 있는 객점으로 가게. 우리 집 누각 아래서 〈양류사〉를 읊은 분을 찾아 이 편지를 드리고 내가 일생을 함께하고자 한다는 뜻을 전해 줘. 나의 평생이 걸린 일이니 차분하고 신중하게 뜻을 전해야 해. 이분은 얼굴이 뛰어나게 아름다워 자네도 한 번에 알아볼 수 있을 거야."

유모가 말했다.

"소저의 말씀대로 하겠습니다. 하지만 나중에 어르신께서 돌아와 이 일을 아시면 어떻게 하시려고요?"

"그 일은 내가 알아서 말씀드릴 수 있어. 자네는 염려하지 않아도 되네."

유모가 나가다가 다시 돌아와 말했다.

"만약 그분이 이미 정혼한 분이나 아내가 있다고 하면 어떻게 할까요?"

진채봉은 한참 동안 생각에 잠겼다가 대답했다.

"불행히 아내가 있으시다면 내가 둘째 부인이 되어도 괜찮네. 하지만 그분은 아직 젊으셔서 그렇지는 않으실 거야."

유모는 집 앞 객점에 가서 머무는 손님들을 가만히 보다가 〈양류사〉를 읊은 분이 계신지 물었다. 양소유가 문득 그 소리를 듣고 밖으로 나와 대답했다.

"〈양류사〉를 지은 사람은 나요. 무슨 일로 나를 찾으시오?"

유모가 양소유의 얼굴을 보더니 더 의심할 필요가 없다 여기고 조용히 말했다.

"여기는 말씀드리기 적당하지 않습니다."

양소유가 유모를 자신의 거처로 안내하고 들어가서 여기 온 이유를 물으니 유모가 되물었다.

"낭군은 〈양류사〉를 어디서 지어 읊으셨는지요?"

양소유가 말했다.

"저는 먼 고을에서 서울로 가는 길이었습니다. 그러다 큰길 북쪽 누각 앞에 수양버들이 지극히 아름답기에 우연히 시를 지어 읊었습니다. 왜 그것을 물으십니까?"

"낭군께서는 그때 누구를 보셨습니까?"

"무슨 행운인지 누각에 아리따운 분이 계신 것을 보았지요. 아직도 그 고운 빛과 아련한 향기가 제 옷에 풍기는 듯합니다."

유모가 말했다.

"낭군께 말씀드리지요. 그 집은 우리 진 어사 댁이고 아가씨는 우리 소저입니다. 소저가 총명하고 지혜로워 사람 보는 안목이 높으시지요. 낭군을 한 번 보고는 평생의 인연을 맺고자 하십니다. 그러자면 먼저 서울에 계신 아버님께 여쭈어야 하는데, 그 분부를 받는 사이 낭군이 떠나시면 어찌 서로 다시 만날 수 있겠습니까? 그런 까닭에 부끄러움을 무릅쓰고 저를 보내 낭군의 성함과 집을 여쭙고 혼인에 대한 답을 알아 오라고 분부하셨습니다."

양소유가 이 말을 듣고 기쁨에 가득 차 대답했다.

"제가 소저의 깊은 마음을 얻었으니 그 은혜를 어찌 잊겠습니까. 저는 초 땅의 사람이고 집에 어머니가 계십니다. 혼례일은 양가 부모님께 허락을 받아 정할 것이나 우선 혼인 약속은 지금 분명히 말씀드리지요. 저 산이 길이 푸르고 저 강이 길이 흐르듯 이 약속은 변치 않을 겁니다."

유모가 매우 기뻐하며 소매에서 작은 봉투를 꺼내 주었다. 양소유가 뜯어보니 진 소저가 지은 〈양류사〉가 한 편 적혀 있었다.

누각 앞에 버들 심은 건

낭군의 말 머물게 하려 함인데

어찌 그 가지로 채찍 만들어

말을 재촉해 떠나시는지요

양소유는 소저의 시를 읽고 부드러우면서도 고상하게 마음을 전하는 내용에 감탄했다. "뛰어난 옛 시인들이라도 이보다 나을 순 없을 것이다" 하고 그 자리에서 화답시를 지었다.

　　수양버들 천만 가닥
　　실가지마다 내 마음 굽이굽이 맺혔네
　　월하노인*의 실로 만들어
　　봄날의 인연을 전하고 싶네

　유모가 시를 받아 간직하고 객점 문을 나서는데 양소유가 다시 유모를 불러 말했다.

　"진 소저는 진 땅 사람이고 저는 초 땅 사람이라 한번 돌아간 후에는 산천이 가로막혀 소식을 전하기 어려울 수 있소. 더구나 중매가 없으니 혹시 오늘 밤 달빛 아래 소저의 얼굴을 뵐 수 있을지요? 소저의 시에도 그러한 마음이 들어 있는 듯하니 유모는 소저께 여쭈어 주시오."

　유모가 갔다가 즉시 돌아와 답했다.

　"아가씨께서 낭군의 화답시를 보고 매우 감격하셨습니다. 그리고 이렇게 전해 달라 하셨습니다. '남녀가 혼인 전에 만나는 것은

---

*　월하노인　붉은 줄을 발에 묶어 부부의 인연을 맺어 준다는 노인

예의에 어긋나지만, 마음이 이미 통했으니 낭군의 말씀을 따라야 하겠지요. 그러나 밤에 만나면 사람들이 의심할 수 있고 훗날 아버님께서 아셨을 때도 옳지 않게 여기실 것입니다. 내일 낮, 저희 집 중당*에서 잠시 만나 언약하심이 어떨지요?'"

양소유가 감탄하며 말했다.

"진 소저의 현명함은 내가 따라갈 바가 아니군요."

유모에게 다음 날 만날 것을 거듭 당부하고 돌아온 양소유는 잠자리에 들며 삼월의 밤이 긴 것을 탄식했다.

그날 새벽이었다. 갑자기 수천수만 명이 지나가는 소리가 요란스럽게 귀를 울렸다. 놀라 일어나 보니 병사와 말, 피난민들의 어지러운 발걸음이 얽히고 울음소리가 길에 가득했다. 사람들을 붙잡아 무슨 일인지 물으니 서울에 반란이 일어나 구사량仇士良*이 황제라 칭하고, 황제께서 양주로 피신하자 사방에서 약탈이 일어나고 있다고 했다. 서울로 가는 관문을 곧 닫을 것이며, 모든 백성을 병사로 징집해 간다는 소식도 들렸다.

양소유가 매우 놀라 급히 시종을 데리고 눈앞에 보이는 남전산으로 피신했다. 산속으로 들어가니 산꼭대기에 초가집이 하나 있고 주위에 흰 구름이 자욱했으며 맑고 아름다운 학 울음소리가 들

---

* 중당 집 가운데 있는 건물. 중요한 손님을 맞이할 때 썼다.
* 구사량 당나라 때의 환관. 정치가 혼란한 틈을 타 조정을 장악하고 20여 년간 권력을 휘둘렀다.

렸다. 고귀한 사람이나 신선이 사는 곳 같았는데 소유가 들어가니 도인 같은 사람이 그를 맞이하며 물었다.

"난리를 피해서 온 것인가?"

"그렇습니다."

도인이 다시 물었다.

"회남 양 처사의 아들인가? 모습이 매우 닮았구나."

소유가 눈물을 머금고 그렇다고 하자 도인이 웃으며 말했다.

"부친께서 석 달 전에 나와 함께 바둑을 두고 가셨네. 평안히 잘 지내시니 걱정 말게. 이왕 왔으니 하룻밤 자고 내일 가는 것이 어떻겠는가?"

양소유가 감사 인사를 올리니 그가 벽 위에 걸린 거문고를 꺼내며 말했다.

"이것을 탈 줄 아는가?"

"조금 탈 줄은 압니다만 좋은 스승께 배우지는 못했습니다."

도인이 동자를 불러 소유에게 거문고를 주게 한 후 연주해 보라고 했다. 소유가 〈풍입송風入松〉이라는 곡을 연주하자 웃으며 말했다.

"손재주가 있구나. 가르칠 만하다."

그가 거문고를 가져가 세상에서 들어 본 적 없는 곡조를 타기 시작했다. 맑고 그윽한 소리가 울려 퍼졌다. 소유 또한 음악을 좋아하고 총명함이 뛰어나 한 번 듣고 그대로 따라 했다. 도인이 크게 기뻐하며 푸른 옥으로 된 통소도 꺼내 가르쳐 주었다.

"지음知音*을 만나긴 어려운 일이지. 이 거문고와 통소가 필요한 때가 있을 것이다. 자네에게 줄 테니 잘 쓰도록 하라."

양소유가 절을 하고 받으며 말했다.

"제가 선생님을 만난 것은 아버님의 뜻 같습니다. 곁에서 모시며 제자가 되겠습니다."

도인이 웃으며 말했다.

"자네는 인간 세상의 부귀를 피할 수 없네. 이 늙은이를 따라 산속에서 살 수는 없지. 더구나 자네는 나중에 돌아갈 곳이 따로 있네. 그래도 자네의 마음이 기특하니 이걸 받게."

도인은 팽조彭祖*의 책을 한 권 내주며 말했다.

"이것을 익히면 병이 없고 늙음을 물리칠 수 있을 것이네."

소유가 절을 하며 감사히 책을 받고 물었다.

"선생님께서 제가 인간 세상의 부귀를 누릴 것이라 말씀하시니 세상일을 하나 여쭙고 싶습니다. 제가 화음현의 진 씨 여인을 만나 혼인을 의논했는데 난리에 쫓겨 이렇게 피신했습니다. 이 혼사가 이루어지겠습니까?"

도인이 껄껄 웃으며 말했다.

---

* 지음 음악을 깊이 안다는 뜻. 마음이 통하는 친한 벗을 의미하는 말이기도 하다.
* 팽조 중국 고대의 신선. 약 800년을 살았다고 한다.

"이 혼인길이 밤처럼 어두운데 어찌 천기를 미리 누설하겠는가? 그러나 자네의 아름다운 인연이 여러 곳에 있으니 진 씨 여인에게만 연연할 일은 아닐세."

이날 도인의 석실에서 잤는데, 새벽이 되자 도인이 그를 깨워 말했다.

"길이 이미 트였고 과거는 내년으로 미루어졌으니 집으로 돌아가게. 어머님께서 기다리고 계실 걸세."

도인은 소유에게 노자를 준비해 주고 그를 배웅했다. 소유가 거듭 절하며 감사 인사를 드리고 거문고와 퉁소를 챙겨 산을 내려왔다. 도중에 돌아보니 도인의 집이 간곳없었다.

세상의 경치는 전과 같지 않았다. 어제 산으로 들어갈 때 버드나무꽃이 피어 있었는데 이제 보니 바위 사이에 국화가 만발했다. 소유가 이상하게 여겨 사람들에게 물으니 이미 다섯 달이 지나 팔월이 되었다고 했다.

묵었던 객점을 찾아가 보았다. 난리를 겪은 뒤 마을이 쓸쓸하게 변해 있었다. 과거를 보기 위해 서울로 갔다가 돌아가는 선비들의 말을 들어 보니 황제가 몇 달 만에 역적을 평정했고 과거는 내년 봄으로 미루어졌다고들 했다.

급히 진 어사의 집을 찾아갔다. 버드나무 숲은 그대로였으나 아름다운 누각과 담장이 모두 불타 무너져 폐허가 되어 있었다. 소유는 망연자실해 버드나무 아래서 진채봉의 〈양류사〉를 되뇌이며 눈물을 머금었다. 힘없이 객점으로 돌아온 소유가 주인에게 진 어사 댁 소식을 아는지 묻자 주인이 한숨을 쉬며 대답했다.

"모르셨군요. 진 어사는 벼슬을 받아 서울에 가시고 진 소저는 유모와 함께 지내고 있었지요. 그런데 이번 난리에 어사가 역적의 누명을 쓰고 사형을 당했습니다. 소저는 서울로 잡혀갔고요. 소저 또한 끔찍한 화를 당했다고도 하고 겨우 살아남아 궁궐의 노비로 들어갔다고도 합니다. 오늘 아침 역적의 죄를 받은 가족들이 먼 지방의 노비가 되어 이 앞으로 한 무리 지나갔다는데 진 소저가 그 속에 있었을지 모릅니다."

양소유는 이 말을 듣고 눈물을 비 오듯 흘리며 생각했다.

'남전산 도인께서 진 소저와의 혼사를 밤처럼 어둡다고 하시더니 소저는 이미 목숨을 잃었을지도 모르겠다.'

종일토록 방황하던 소유는 밤새 한숨도 못 자고 이제 더는 할 일이 없다고 생각해 짐을 챙겨 집으로 돌아갔다. 류 부인은 서울에 난리가 났다는 소식을 듣고 아들이 죽었으리라고 여겨 슬픔에 잠겼다가 무사히 돌아온 아들을 보고는 크게 기뻐했다.

해가 저물고 새봄이 되었다. 소유가 다시 과거를 보기 위해 서울로 갈 준비를 하자 류 부인이 말했다.

"작년에 서울에 갔다가 곤경을 겪었고 네 나이가 어려 공명을 구하는 것은 급하지 않다. 하지만 네가 떠나는 것을 말리지 않는 이유는 혼인 때문이란다. 열여섯 나이에 아직 정혼자가 없는데 이

곳은 궁벽한 시골이라 너의 배필이 될 만한 현숙한 처녀를 보기 어렵구나. 내 사촌 여동생 두 씨가 서울 자청관에 여도사로 있단다. 매우 사려 깊은 사람이고 도성 안 재상 댁에 왕래가 많다고 하더구나. 내가 편지를 쓰면 정성을 다해 도와줄 것이니 찾아가 뵙도록 해라."

소유가 화음현의 진 소저 이야기를 하며 슬퍼하자 류 부인이 한숨을 쉬며 말했다.

"진 소저가 아름다운 인연이었구나. 그러나 이어지지 못했으니 어찌하겠느냐. 다른 좋은 인연을 만나 부모의 마음을 위로해다오."

며칠 뒤 소유가 길을 떠나 낙양에 이르렀다. 소나기를 만나 옷이 젖자 쉬어 갈 겸 남문 밖 주점에 들어갔다.

"좋은 술을 가져오게."

주인이 가져온 술을 열 잔 조금 넘게 마신 후 양소유가 말했다.

"이 술도 좋긴 하나 가장 좋은 술은 아니군."

"저희 집에서는 이것이 가장 고급입니다. 하지만 성안의 천진교 주루에서 파는 낙양춘이라는 술은 한 말에 은화 백 냥이라 하더군요."

소유가 생각했다.

'낙양은 제왕의 도읍이요, 천하에서 가장 번화한 지역이지. 작년에는 이곳 경치를 보지 못했는데 이번에는 잘 구경하고 가리라.'

양소유가 주루에서
계섬월을 만나고

계섬월은 또
다른 여인을 추천하다

양소유가 낙양성 안으로 들어가니 번화함이 듣던 대로였다. 낙양 남쪽에 있는 강이 흰 비단처럼 반짝거리며 도성 가운데로 흐르고, 강물 위로 천진교가 무지개처럼 빛나고 있었다. 붉고 푸른 기와들이 하늘에 솟아 있고 그 그림자가 강물 속에 비치니 과연 천하제일의 경치였다.

소유는 강가에 있는 화려한 누각이 바로 주점 주인이 말한 주루임을 눈치채고 그곳으로 나귀를 타고 갔다. 주루 앞에는 금빛 치장을 한 준마들이 가득 줄지어 서 있었고 누각 위에서부터 음악 소리가 흘러내려오고 있었다. 이 지역 부윤이 잔치를 열었나 생각하며 시종에게 알아보라 하니, 낙양성의 귀족 가문 자제들이 모여 봄 경치를 구경하는 중이라고 했다.

양소유는 자기도 모르게 나귀에서 내려 누각에 올라갔다. 젊은이 몇 명이 아름다운 여인들과 함께 잔을 기울이고 있었다. 화려하게 멋을 낸 옷을 입었고 자신감이 넘치는 모습이었다. 젊은이들이 양소유의 잘생긴 얼굴을 보고는 자리를 열어 주었다. 눈인사를 하며 서로 성과 이름을 주고받았다. 그중 노 씨 성을 가진 선비가 소유에게 물었다.

"양 형은 보아하니 과거를 보러 가시는 모양입니다."

"네, 맞습니다."

그러자 왕 선비가 말했다.

"비록 초대한 손님은 아니지만 과거를 보러 가는 청년이라면 오늘 모임에 함께해도 괜찮을 듯합니다."

양소유가 말했다.

"두 분 말씀을 들어 보니 오늘 모임은 그냥 술자리가 아니라 시와 문장을 겨루는 자리인가 봅니다. 저는 초 땅의 일개 선비로 나이가 어리고 식견도 없으니, 여러 형의 귀한 자리에 참여할 자격은 좀 부족한 듯합니다."

귀족 가문 젊은이들이 소유의 겸손한 태도를 보고는 오만하게 웃으며 말했다.

"우리가 문장을 겨루려고 모인 것은 맞지요. 양 형은 중간에 참여했으니 시를 지어도 좋고 안 지어도 상관없소. 우선 술이나 한 잔 받으시오."

그들이 권하는 술잔을 받자 다시 음악이 연주되기 시작했다. 소유가 술을 마시며 주변을 둘러보니 기녀 이십여 명이 저마다 악기를 잡고 있었다. 단 한 명만 연주도 말도 하지 않고 단정하게 앉아 있는데, 진정 나라 제일의 미인이라 할 만큼 아름다운 미모여서 천상에서 갓 내려온 존재 같았다. 양소유가 잠시 정신이 아찔해 다시 술잔 들기를 잊어버리고 미인을 바라보니 여인도 눈을 들어 소유를 바라보았다.

소유는 그 여인 앞에 시를 쓴 종이들이 수북하게 쌓여 있는 것을 보고 말했다.

"저 종이에는 분명 형들이 쓰신 아름다운 시가 있겠지요. 한번 보아도 되겠습니까?"

젊은이들이 대답하기도 전에 미인이 자리에서 사뿐히 일어나더니 시가 적힌 종이들을 모아 양소유 앞으로 가져다주었다. 소유가 이리저리 십여 장을 뒤적여 보니 모두 평범해서 좋은 시구가 없었다.

'낙양에 재능 있는 선비가 많다더니 허튼 말이었나 보구나.'

소유는 시를 도로 내려놓고 젊은이들을 향해 공경하는 예를 표하며 말했다.

"누추한 땅의 가난한 선비가 서울의 문풍文風을 구경했군요. 여러 형의 주옥같은 시를 보고 마음이 시원해지는 듯하니 행운입니다."

젊은이들이 만족스럽게 껄껄 웃고는 말했다.

"양 형은 시구가 묘한 것만 알고 더 묘한 일이 있는 줄은 모르시나 봅니다."

소유가 물었다.

"여러 형께서 베푸신 호의로 이 자리에 격의 없이 어울리고 있는데, 어찌 그 묘한 일이 무엇인지 알려 주지 않으십니까."

왕 선비가 웃으며 말했다.

"말해드리지요. 우리 낙양은 인재가 모인 곳이라 예부터 과거를 보면 낙양 사람이 장원을 차지했습니다. 지금 우리들은 글 잘한다는 이름이 났지만 우열은 아직 정하지 못했지요. 그 우열을 정해 줄 뿐 아니라 이번 과거에서 장원할 이를 미리 점쳐 주는 사람이 바로 저기 앉아 있는 계섬월桂蟾月 낭자라오. 섬랑은 미모와 가무가 천하제일인 데다 글을 알아보는 눈이 귀신같이 밝소. 과거를 보러 온 선비들의 글을 보고 당락의 결과를 먼저 얘기해 주는데 틀린 적이 없지요. 이 때문에 우리 모두 시를 지어 계랑에게 보여 주고, 그중 눈에 드는 시가 있으면 섬랑이 직접 노래를 지어 불러 주기를 기다리고 있다오. 더구나 낭자의 이름에 '달나라의 계수나무'라는 글자가 있으니 장원 급제자의 머리에 꽂아 줄 계수나무가 이번엔 누구 것이 될지도 알 수 있소. 이것이 우리가 말한 묘한 일이오."

두 씨 성을 가진 선비가 나서서 말했다.

"한 가지 더 묘한 일이 있지요. 섬랑이 선택해 노래로 불러 주는 시의 주인은 오늘 밤 섬랑과 함께 지내는 특별한 인연을 맺기로 했다오. 양 형도 대장부이니 시 한 편 지어 우리와 겨루어 보시지요."

양소유가 말했다.

"낭자가 형들의 아름다운 시 중에 어느 시를 노래로 불러 주었습니까?"

왕 선비가 말했다.

"아직은 목소리를 아끼고 있소. 아리따운 낭자께서 부끄러움을 타느라 그런가 싶군요."

양소유가 말했다.

"저는 본래 이 모임과 관계없는 사람인데 과연 시를 지어 형들과 겨루는 것이 맞는지 모르겠습니다."

왕 선비가 큰 소리로 꾸짖듯 말했다.

"양 형은 얼굴이 여인처럼 고와서인지 패기가 없구려. 성인께서 '어진 일을 할 때는 스승에게 양보하지 않는다' 하셨고, '겨룰 때도 군자다운 겨룸이 있다'고 하셨소. 혹시 시 짓는 재능이 부족해 그러는 것 아니오? 재주가 있다면 겸양하기만 할 이유가 뭐가 있소?"

양소유는 사양하는 체했지만 사실 섬랑의 얼굴을 본 뒤 시를 짓고 싶은 마음을 억지로 참고 있었다. 그는 옆에 쌓여 있는 종이 중에 한 폭을 빼내고는 붓을 달리는 듯 움직여 그 자리에서 시 세 편을 지었다. 붓 놀리는 기세가 날아가는 듯 생동하는 모습을 보고

자리에 있던 이들이 모두 입을 벌리고 놀랐다.

소유가 붓을 내려놓고 젊은이들에게 말했다.

"여러 형께 가르침을 청해야 마땅하지만, 오늘의 시험관은 섬 랑이니 낭자께 바로 드리겠습니다. 시권* 바칠 시간이 지나진 않 았는지 걱정입니다."

섬월이 소유에게 시를 받아 단번에 훑어보더니, 아름다운 눈빛 으로 소유를 한 번 바라보았다. 그러고는 자세를 단정히 하고 시 를 노래로 지어 부르기 시작했다. 음성이 하늘 끝까지 올라가고 메 아리가 울려 퍼졌다. 모여 있던 사람들이 그 음성과 노래에 감동해 안색을 고쳤다.

향기로운 티끌 속에 저녁 구름 많은데
아름다운 여인의 노래 함께 기다리네
장안 열두 거리에 봄날은 저물고
버들꽃 눈처럼 흩날려 마음 둘 곳 없어라

아름다운 여인 앞에 꽃가지도 부끄러워
가냘픈 노래 아직인데 벌써 향기 가득하다
번화한 도읍의 귀공자들 외면하시니

* 시권 시험 답안

무쇠처럼 닫은 마음 열 수 있을지

미인이 과연 누구 시를 노래할까

오래전 뛰어난 선비가 한번 뽑혔다는데

아득한 옛날부터 글과 예술은 하나로 이어지니

과거의 일로만 남겨 놓지 말아 주오

초나라 손님 길 가다 이 땅에 왔는데

주점에 와서는 낙양의 봄 데려가네

달 가운데 계수나무 누가 먼저 꺾을지

오늘 문장은 주인이 있을 것이로다

    자리에 모였던 귀공자들은 처음에 양소유의 나이가 어려 시를 잘 짓지 못할 것이라 여겼는데, 그의 시가 맑고 뛰어나 섬월의 마음을 사로잡고 노래로 선택되기까지 하자 완전히 흥이 깨져버렸다. 소유에게 섬랑을 그대로 보내고 싶지도 않고 했던 말을 깰 수도 없어 머뭇거리기만 할 뿐 아무도 선뜻 말을 하지 못했다.

    소유가 이들의 모습을 보고는 슬며시 일어나 작별 인사를 했다.

    "제가 우연히 형들의 호의를 받아 좋은 자리에 끼었으니 이 행운을 어찌 말로 다 하겠습니까? 갈 길이 바빠 종일토록 있지 못하고 이만 일어나겠습니다. 훗날 과거 급제한 선비들 모임에서 못다

한 정을 나눕시다."

양소유가 아무 일도 없었다는 듯 누각을 내려가니 그를 붙잡는 사람은 아무도 없었다. 나귀를 타려는데 섬월이 재빨리 따라와 말했다.

"천진교 다리 남쪽에 있는 누각 밖에 앵두꽃 활짝 핀 집이 바로 저의 집입니다. 먼저 가서 저를 기다려 주십시오."

섬월은 곧장 누각으로 다시 올라가 젊은 선비들에게 물었다.

"귀한 선비님들, 제가 노래로 택한 시를 지은 분을 오늘 밤 저와 맺어 주겠다고 하셨지요. 이제 어찌하면 좋을까요?"

선비들이 의논해서 말했다.

"양 씨는 이 모임과 무관한 사람이니 상관없지 않은가?"

이들은 모두 섬월을 사모하는 마음이 있어 결론을 내지 못하고 우물쭈물할 뿐이었다. 그러자 섬월이 말했다.

"사람이 말을 지켜야 신의가 있는 것이겠지요. 이 자리는 기녀가 부족하지 않고 음악도 넘칩니다. 저는 몸이 편치 않아 이만 물러가야겠습니다."

선비들은 내키지 않았으나 앞에 한 약속이 있는지라 섬월을 막지 못하고 보내 주었다.

양소유는 주점에서 짐을 챙겨 섬월의 집으로 갔다. 섬월도 이미 돌아와 마루에 등불을 밝혀 두고 소유를 기다리고 있었다. 두 사람이 다시 만났을 때의 기쁨과 반가움은 말로 다 할 수 없을 정도였다.

섬월이 옥술잔에 술을 붓고 〈금루의金縷衣〉*를 부르며 술을 권하는데 그 아리따움과 고운 태도가 사람을 녹일 만했다. 손을 잡고 잠자리에 드니 무산의 선녀가 양대에서 초나라 회왕을 만나 나눈 사랑보다 더 꿈결 같았다.

한밤중에 섬월이 말했다.

"제가 서방님께 평생을 의지해 살고자 하니 제 이야기를 잘 들어 주십시오. 저는 본래 소주 지방 출신입니다. 아버지께서 역참 관리를 하다 타향에서 돌아가셨는데 집이 가난하고 고향의 선산 先山은 멀어 장례를 치를 비용이 없었지요. 계모는 저를 기생집에 팔아 그 돈을 마련했습니다. 기생이 되고 나서도 수치심을 참고 살았던 이유는 서방님과 같은 군자를 만나 밝은 하늘을 볼 날이 오지 않을까 하는 희망 때문이었어요. 제가 있던 누각은 장안으로 가는 큰길이라 온 나라의 쟁쟁한 선비가 모두 지나간답니다. 삼 년 동안 많은 선비가 지나갔으나 서방님과 비슷한 분은 본 적이 없어요. 저를 천하게 여기지 않으신다면 밥 짓고 물 긷는 종이 된다 해도 조용히 따르겠습니다. 서방님 뜻은 어떠신지요?"

양소유가 말했다.

---

* 〈금루의〉 꽃이 진 뒤에는 아무 소용없으니, 꺾을 만하거든 주저 없이 꺾으라는 내용의 노래

"내 뜻도 섬랑과 같소. 다만 나는 가난한 선비로 노친을 모시고 있으니 섬랑을 아내로 맞이하면 어머니 뜻에 어긋날 듯하오. 정실 부인을 따로 맞아야 하는데 섬랑에게 첩 자리로 들어오라 하는 것이 마음에 좋지 않소. 또 이 세상에 누구를 구해도 섬랑이 모실 정실로 들어올 만한 여자가 있을까 싶소."

섬월이 말했다.

"서방님, 이 무슨 말씀이십니까. 지금 천하에 서방님보다 재주가 뛰어난 선비는 없을 것입니다. 이번 과거 시험의 장원은 물론 승상과 대장군의 자리 모두 곧 서방님께 다가올 것이니, 천하 미인 중 누구라도 서방님을 따르고자 할 것입니다. 제가 어찌 서방님을 독차지할 마음을 조금이라도 품겠습니까? 다만 귀한 가문의 어진 부인이 들어오셔도 저를 버리지는 말아 주십시오."

소유가 말했다.

"작년에 내가 화음현에 들렀을 때 우연히 진 씨 댁 따님을 뵈었소. 그 용모와 재주가 섬월과 더불어 형제가 될 만했으나 이미 세상을 떠났으니 어디 가서 어진 부인을 얻겠소?"

섬월이 말했다.

"말씀하시는 이는 진 어사의 따님이군요. 진 어사께서 예전에 여기서 벼슬을 하신 적이 있습니다. 그때 진 낭자와 저는 서로 아끼는 사이였지요. 낭자의 용모와 재주가 세상에 보기 드무니 서방님이 정을 두실 만한 분입니다. 하지만 허사가 되었으니 다른 데서 부인을 찾으셔야지요."

소유가 말했다.

"예로부터 절세미인은 세대마다 나오지 않는다 했소. 진 소저와 섬랑이 동시에 있으니 이미 천지의 기운이 다했을 것 같소."

섬월이 살며시 웃으며 말했다.

"서방님, 잘 모르시는 말씀입니다. 제가 우선 기녀들의 공론을 알려드리지요. 천하에는 '삼대 기녀'가 있다고 합니다. 강남의 만옥연萬玉燕, 하북의 적경홍狄驚鴻, 낙양의 계섬월입니다. 저는 운좋게 과장된 명성을 얻었지만 경홍과 옥연은 절세 미녀가 맞습니다."

소유가 말했다.

"내 생각에는 그 두 사람이 과분하게 섬랑과 이름을 나란히 한 듯하오."

섬월이 말했다.

"옥연은 사는 곳이 멀어 보지 못했지만 남쪽에서 오는 이들 중에 칭찬하지 않는 사람이 없었으니 헛된 이름은 아닐 것입니다. 경홍은 저와 아주 친해 형제 같은 벗이니, 그 아이의 사연은 직접 말씀드릴게요.

경홍은 패주의 양갓집 딸로 부모를 일찍 잃어 숙모에게 의지해 자랐습니다. 하북에서 용모가 아름답기로 유명해 부자들이 서로 청혼을 하다 보니 그 집 문 앞에 중매쟁이가 가득했지요. 그런데 경홍이 어떤 혼담에도 응하지 않고 이렇게 말했어요. '재상이든 장수든, 시인이든 한낱 선비든, 한 시대를 울릴 만한 영웅호걸이라면 그분을 따를 것이오.' 그리고 궁벽한 시골에서는 훌륭한 인재를 만날 기회가 없다고 생각해 스스로 제 몸을 창가에 팔았습니다. 한두 해도 되지 않아 명성이 자자해졌어요.

작년 가을 열두 주의 자사들이 성에 모여 큰 연회를 벌일 때 경홍이 〈예상우의곡霓裳羽衣曲〉에 맞추어 춤을 추자 그 자리에 있던 미인 수백 명이 그 빛을 잃어버렸지요. 잔치가 끝난 후 홀로 누대에 올라 달빛을 받으며 걷는 모습을 보고는 사람들이 모두 선녀가 아니냐며 놀라고 감탄했다 합니다. 그러니 기방이 아닌 규방에는 또 얼마나 훌륭한 귀족 가문 아가씨들이 있겠습니까? 저와 경홍은 예전에 만나 속마음을 터놓고 이야기할 때 둘 중 누구든 원하던 바로 그 남자를 만나면 서로를 추천해 같은 이의 첩이 되어 함께 살자고 했습니다. 저는 이제 서방님을 만나 소원을 이루었는데, 경홍은 불행히도 산동 제후가 궁중으로 데려가버렸으니 소원을 이루지 못한 셈입니다."

소유가 말했다.

"기방에는 여러 미인이 있겠지만 규방에는 없을 것 같소."

섬월이 말했다.

"제가 직접 본 이들 중에는 진 낭자만한 이가 없었으니 서방님께 더 천거하지는 못하겠습니다. 그러나 장안 사람들 말을 들어

보면 정 사도 따님의 용모와 재주와 덕이 지금 세상의 여자들 중
제일이라고 하더군요. 서울에 가시면 한번 수소문해 보시기 바랍
니다."

이렇게 이야기를 나누다 보니 날이 밝았다. 두 사람이 세수하고
머리 빗기를 마치자 섬월이 말했다.

"여기는 서방님께서 오래 머물 곳이 아닙니다. 어제 여러 귀족
가문 자제가 마음속으로 괘씸히 여겨 좋지 않은 일이 있을지도 몰
라요. 일찍 떠나시는 것이 좋겠습니다. 앞으로도 자주 뵐 것이니
슬픔은 고이 접어 두겠습니다."

양소유가 고마워하며 말했다.

"훌륭한 의견들을 마음에 새기겠소."

두 사람이 눈물을 흘리며 이별했다.

양소유가 여도사로 변장해
정 씨 가문에 들어가고

정 사도는 급제자 가운데서
훌륭한 사위를 고르다

소유가 길을 떠난 지 며칠 만에 서울에 도착했다. 과거 날짜는 아직 남아 있었다. 사람들에게 여도사가 머무는 자청관이 어디인지 물어 예를 표한 선물을 준비해 찾아갔다. 어머니의 사촌 여동생 두 연사*는 나이가 육십 정도였고 자청관의 가장 높은 자리에 올라 있었다. 소유가 인사를 올리며 어머니 류 부인의 서찰을 전하자 한편으로는 기뻐하고 한편으로는 슬퍼하며 말했다.

　　"내가 그대의 모친과 헤어진 지 이십 년인데 그 뒤에 태어난 사람이 이렇게 늠름하다니. 세월이 참으로 흐르는 물과 같구나. 나이가 들고 보니 번잡한 게 싫어 산에 들어가 신선을 찾으려던 참인데, 편지에 있는 언니의 부탁을 보니 양랑*을 위해 잠시 더 머물러

*　연사　도교에서 높은 경지에 도달한 도사를 일컫는 말
*　양랑　젊은 선비인 양소유를 가리킨다.

63

야겠네. 양랑의 풍채가 천계 사람처럼 아름다워서 지금 세상의 여자 중에 배필 될 만한 이가 있는지 모르겠어. 그래도 조용히 생각해 볼 테니 여유가 있거든 다시 오게."

과거 날짜는 멀고 소유의 마음이 공부에 없다 보니 며칠 뒤 또 연사를 찾아갔다. 연사가 웃으며 말했다.

"한 아가씨가 있는데 재주와 용모만 보면 참으로 양랑의 배필이지. 그런데 가문이 너무 높아서 문제야. 오 대가 제후를 지내고 대대로 승상에 오른 집안일세. 양랑이 이번 과거에 급제하면 혼사를 얘기해 보겠지만 그렇지 않으면 소용이 없어. 그러니 나를 찾지 말고 공부에 힘쓰게."

소유가 물었다.

"어느 댁입니까?"

"장안성 춘명문 안에 있는 정 사도 댁이네. 붉은 칠을 한 대문에 검붉은 비단으로 감싼 나무창을 걸어 둔 길갓집이 바로 그 댁일세."

양소유는 섬월이 말하던 여자임을 알아차리고 속으로 생각했다.

'어떤 여자일까? 낙양과 장안, 두 서울에서 이렇게 명성을 얻다니.'

소유가 물었다.

"선생님은 정 소저를 보신 적이 있으신지요?"

"왜 못 보았겠나? 정 소저는 천상에서 내려온 사람 같지. 그 모습을 말로 표현할 수가 없네."

소유가 말했다.

"선생님, 제가 우쭐대는 것이 아니라 정말로 올해 과거는 제 주머니 속에 있는 거나 마찬가지입니다. 한 가지 어리석은 소원이 있는데 들어주십시오. 저는 제 짝이 될 처녀를 만나 본 다음에 구혼하고 싶습니다. 그 소저의 얼굴을 직접 보게 도와주십시오."

연사가 큰 소리로 웃었다.

"재상 댁 처녀를 어찌 직접 볼 수가 있겠어? 양랑은 정 소저에 대한 내 말을 믿지 않는 건가?"

"소자가 그럴 리 있겠습니까? 그러나 사람마다 좋아하는 것이 다르니 선생님이 보시는 것과 제가 보는 것이 다를 수도 있겠지요."

연사가 말했다.

"그건 아닐 거야. 봉황과 기린이 복된 일의 징조이며 맑은 하늘에 뜬 해가 아름답다는 것은 세상 사람 모두가 알지 않는가."

소유는 뭔가 걸린 듯한 마음으로 돌아왔다. 그리고 다음 날 다시 자청관으로 연사를 찾아갔다. 연사가 소유를 보고는 웃으며 말했다.

"양랑이 이렇게 일찍 온 데는 분명 이유가 있겠지?"

"정 소저를 보기 전에는 제 마음의 의심을 지울 수가 없습니다. 저희 어머니의 간절한 부탁을 생각하셔서 부디 저에게 소저를 볼 기회를 만들어 주십시오."

연사가 머리를 가로저으며 난처한 듯 말했다.

"쉽지 않은데, 쉽지 않아."

한참 생각에 잠겼다가 문득 말했다.

"양랑이 뛰어나게 총명하니, 혹시 공부하는 틈틈이 음악도 익혔는가?"

"네, 기이한 스승을 만난 인연으로 배운 적이 있습니다."

연사가 말했다.

"재상 댁 높은 문이 다섯 층이요, 담장의 높이도 사람 키의 두 배가 넘으니 지나가며 엿볼 방법은 없을 것이네. 또 정 소저는 책 읽기를 좋아할 뿐, 움직임 하나하나가 보통 사람과 다르다네. 절에 분향하지도 않고 연등을 밝히며 소원을 빌지도 않고 바람을 쐬러 외출하는 일도 거의 없지. 오직 한 가지 방법이 있을 것 같은데 양랑이 그대로 할까 싶네만."

양소유가 말했다.

"정 소저를 직접 볼 방법이 있다면 왜 따르지 않겠습니까?"

연사가 말했다.

"정 사도께서 병으로 벼슬을 쉬며 최근 음악에 재미를 붙이셨고 정 사도 부인 최 씨는 원래부터 음악을 좋아하신다네. 정 소저는 모든 일에 능통하지만 특히 음악에 매우 정통하지. 그 총명함이 옛날 백아의 거문고 소리를 듣고 해석하던 종자기보다 뛰어나고, 끊긴 거문고 줄을 알아챈 채문희보다 밝다고 할 정도일세. 그래서 간혹 새로운 곡조를 아는 거문고 명인이 있다 하면 부인이 반드시 초대해서 정 소저에게 음률을 평론하게 하고 함께 음악을 즐기신다고 들었어.

그러니 유일한 방법은 양랑이 거문고 곡조를 잘 익혀 두었다가 여장을 하고 음률을 아는 여도사로 분장해 찾아가는 걸세. 며칠 뒤 명절이 되면 정 씨 가문에서 나이 든 여종을 시켜 우리 도관에 향과 초를 보낼 것이야. 그때 그대가 여도사 차림으로 거문고를 타고 있으면 여종이 분명 집에 돌아가 부인께 이런 연주자가 있다고 아뢸 테고, 그러면 부인이 우리를 초대할 것이네.

사실 정 씨 댁에 들어간 뒤 그 댁 소저를 볼지 못 볼지는 인연에 달렸으니 미리 알 수는 없네. 그래도 이 밖에는 계교가 없어. 양랑은 얼굴이 아름답고 아직 수염이 나지 않아 여장이 어렵진 않을 듯한데. 그대 생각은 어떠한지?"

소유가 기뻐하며 말했다.

"좋습니다. 분부대로 하겠습니다."

정 사도는 다른 자녀 없이 정경패鄭瓊貝라는 딸만 하나 두고 있었다. 최 부인이 해산하다 혼미한 중에 선녀가 아름다운 구슬 하나를 가지고 들어오는 것을 보고 이름을 '경패'로 지었다. '보배로운 옥'이라는 뜻이었다. 용모와 재주와 덕이 세상 사람과 달라서 자기에게 맞는 남편감을 구하지 못하던 차였다.

하루는 최 부인이 정경패의 유모를 불러 말했다.

"오늘은 도교의 명절이니 향촉을 가지고 자청관에 다녀오라. 두 연사께 옷과 다과를 전해드리고."

유모가 가마에 올라 자청관으로 갔다. 두 연사는 향촉과 옷과 다과를 받아 제사를 베푼 후 유모를 대접하고 전송했다. 유모가 가마에 타려는데 문득 자청관 안쪽에서 맑은 거문고 소리가 들렸다. 유모는 그 소리에 귀를 기울이다 얼른 돌아가지 못하고 서 있었다. 들을수록 좋은 음악이라 연사에게 물었다.

"제가 부인을 모시고 유명한 거문고 곡을 많이 들었는데 이 곡은 못 들어 본 음악이군요. 누가 연주하는 것인가요?"

연사가 대답했다.

"며칠 전 초 땅에서 한 젊은 여도사가 장안을 구경하러 왔습니다. 여기 머물면서 가끔 거문고를 타는데 연주가 뛰어난 건지 색다른 건지 저는 잘 모르겠더군요. 유모가 칭찬하시는 걸 보니 분명 잘하는가 봅니다."

"우리 부인께서 이 소식을 들으시면 분명 저 여도사를 부르실 거예요. 곧 연락드릴 테니 부디 저 사람 떠나지 못하게 붙잡아 주십시오."

유모가 거듭 부탁하고 떠났다. 연사는 양소유에게 유모의 말을 전하고는 정 씨 가문에서 연락이 오기를 기다렸다.

다음 날이었다. 정 씨 가문에서 작은 가마와 여종을 보내 거문고 타는 여자를 초대했다. 양소유가 여도사의 옷을 차려입고 거문고를 안고 나와 섰다. 맑고 깔끔한 자태가 선녀와 같아서 그 모습을 보고 감탄하지 않는 이가 없었다.

소유가 가마를 타고 정 씨 가문에 도착하니 여종이 중당으로 인도해 나아갔다. 부인이 대청 위에 앉아 있는데 위엄 있는 태도가 단정하고도 정숙했다. 양녀*가 거문고를 놓고 대청 아래서 차분하게 인사를 올리자 최 부인이 대청 위로 올라오게 하고 자리를 마련해 주었다.

"어제 우리 유모가 도관에 갔다가 신선의 음악을 들은 것처럼 좋다며 여도사 이야기를 하더군요. 직접 청초한 모습을 대하니 벌써 마음이 깨끗해지는 것 같습니다."

양녀가 일어나 공경을 표하며 다시 인사를 올렸다.

"저는 본래 초나라 사람으로, 구름같이 흘러 다니다 우연히 부인을 뵙게 되었습니다."

최 부인이 말했다.

"연주하시는 곡조는 어떤 곡입니까?"

"남전산에서 특별한 스승을 만났는데 그때 많은 곡조를 전수받았습니다. 모두 옛날 음악이라 요즘 분들의 귀에는 어떻게 들릴지 모르겠습니다."

최 부인이 여종에게 양소유의 거문고를 가져오게 해서 만져 보

---

* 양녀 양 씨 여인. 여장한 양소유를 뜻한다.

고는 찬탄했다.

"참으로 좋은 재목이군요."

"용문산 아래 벼락에 꺾인 백 년 묵은 오동나무로 만들었습니다. 이제는 나무의 성질이 굳센 무쇠나 바위처럼 변해 천금을 주어도 바꿀 수 없는 귀한 악기가 되었지요."

그런데 이렇게 묻고 답하는 사이에도 정경패는 밖으로 나오지 않고 있었다. 양소유는 마음이 급해져 최 부인에게 말했다.

"제가 옛 음악을 전수받았으나 과연 고서에 나오는 대로인지 자신하지 못하고 있습니다. 자청관에서 들으니 소저께서 총명하고 지혜로우시다던데 제 음악을 함께 들으시고 가르쳐 주시기를 청합니다."

최 부인이 여종에게 소저를 모시고 나오라 했다. 향기로운 바람에 패옥 소리가 울리더니 정경패가 나와 부인 곁에 앉았다. 소유가 인사하며 눈길을 들어 바라보니 태양이 아침에 솟아오른 듯, 연꽃이 물 위에 떠오른 듯, 눈이 부시고 정신이 아득할 정도로 아름다웠다.

소유는 좀 더 가까이서 보고 싶은 마음에 부인에게 청했다.

"제가 소저의 가르침을 받고자 하는데 대청이 넓어 자세히 듣지 못하실까 염려됩니다."

최 부인이 여종에게 명해 소유의 자리를 앞으로 옮겨 오게 했는데 정경패의 자리와 가까워지긴 했으나 오히려 옆모습을 보는 위치가 되었다. 소유는 속으로 몹시 안타까웠으나 감히 다시 청하지 못하고 연주할 준비를 시작했다.

시녀가 소유 앞에 상을 가져다 놓고 금향로에 향을 피웠다. 소유가 거문고를 당기고는 〈예상우의곡〉을 연주했다. 그러자 정경패가 말했다.

"아름답군요! 이 곡조에는 당나라 현종 때의 태평한 기상이 담겨 있습니다. 많은 이가 이 곡을 연주하지만 이처럼 지극히 선하고 아름답기는 어렵지요. 이번에는 세속의 음악이 아니라 옛 곡조를 타 보시지요."

소유가 또 한 곡조 연주하니 정경패가 말했다.

"이 곡조도 참으로 아름답습니다! 들으면 즐거운데 좀 지나치고 슬픈 느낌도 있으니 진나라 마지막 황제 후주의 〈옥수후정화玉樹後庭花〉로군요. 이 곡은 망국의 음악이니 다른 것을 듣고 싶습니다."

양소유가 또 한 곡을 탔다. 정경패가 말했다.

"아름답습니다! 기뻐하는 듯, 슬퍼하는 듯, 그리워하는 듯 이 모든 감정이 들어 있습니다. 옛날 채문희는 오랑캐에게 잡혀가 아들을 낳은 뒤 조조가 몸값을 치러 주어 고향으로 돌아가게 하자 이 〈호가십팔박胡笳十八拍〉을 지었지요. 음악은 좋지만 절개 잃은 부인의 노래이니 다른 곡을 들어 보고 싶습니다."

양소유가 또 한 곡조를 타니 정경패가 말했다.

"이건 왕소군의 〈출새곡出塞曲〉이네요. 임금과 고향을 그리워하며 자기 신세를 슬퍼하고, 자신의 고운 용모를 추하게 그려 흉노로 가게 한 화공을 원망하는 뜻이 들어 있습니다. 아름답긴 하지만 오랑캐 여인의 음악은 바르지 않은 것 같습니다."

양소유가 또 한 곡조를 타니 정경패가 낯빛을 고치고 말했다.

"이 음악은 처음 듣는 곡입니다. 여도사께서는 보통 분이 아니시군요. 영웅이 때를 만나지 못해 방황하면서도 마음속에 진정한 충의를 머금은 곡조입니다. 혹시 혜강의 〈광릉산廣陵散〉이 아닙니까? 혜강의 넋을 직접 보신 것처럼 연주하고 계시군요."

양소유가 일어나 공경을 표하고 대답했다.

"정 소저의 영민함과 지혜로움은 사람들이 미칠 바가 아니군요. 제가 스승께 들은 설명도 그와 똑같습니다."

양소유가 또 한 곡을 탔더니 정경패가 말했다.

"아름답습니다, 이 음악! 높은 산이 우뚝 솟고 흐르는 물이 끝없이 넘실대며 속세를 뛰어넘는 기운이 느껴집니다. 이 곡조는 백아의 〈수선조水仙操〉 아닌지요? 백아의 넋이 여기 있다면 자신의 지음이었던 종자기의 죽음을 한스러워하지 않았을 거예요."

양소유가 금향로에 향을 새로 피우고 또 한 곡조를 타니 정경패가 몸가짐을 바로 하고 단정히 앉아 말했다.

"성인이 난세에서 백성을 구하고 싶어 하는 마음이 담겨 있으니, 공자가 아니면 누가 이 곡을 지을 수 있겠습니까? 이건 〈의란조의란조操〉군요."

양소유가 또 한 곡조를 탔더니 정경패가 말했다.

"조금 전 〈의란조〉에는 성현의 위대한 덕이 담겼지만 때를 만나지 못한 느낌이 있었으나 이 곡조에는 천지 만물을 다스리는 봄의 훈훈함과 넉넉함이 있습니다. 분명 순임금의 〈남훈곡南薰曲〉이겠지요. 지극히 높고 아름다워 이보다 더 귀하고 순수한 음악은 있을 수 없습니다. 다른 곡조가 더 있다 해도 여기서 듣기를 멈추겠습니다."

소유가 자세를 고쳐 앉으며 말했다.

"제가 들으니 음악의 곡조가 아홉 번 변하면 신선의 경지를 느낄 수 있다고 합니다. 여덟 곡을 연주했으니 아직 한 곡이 남았습니다."

다시 거문고를 안고 연주를 시작하니 화사한 기운이 퍼지면서 뜰 앞의 꽃봉오리들이 일시에 터지고 제비와 꾀꼬리가 쌍쌍이 춤을 추듯 날아들었다. 순간 정경패가 눈썹을 살며시 찌푸리고 눈을 들어 양소유를 두어 번 바라보았다. 그러더니 어여쁜 뺨을 서서히 붉히고는 가만히 일어나 말없이 방으로 들어가버렸다.

소유는 깜짝 놀라 거문고를 밀치고 따라 일어섰다. 최 부인이 자리에 앉게 하고 물었다.

"방금 연주한 곡은 무엇입니까?"

소유가 말했다.

"제가 스승님께 전수받은 이 곡은 곡명이 전하지 않아 저도 궁금했습니다. 정 소저께 가르침을 얻고자 연주했습니다."

정경패가 방에서 나오지 않자 부인이 여종을 시켜 물었다. 여종을 통해 정경패가 말을 전해 왔다.

"아가씨께서 찬바람에 몸이 불편해져 나가지 못하신다고 합니다."

양소유는 정경패가 자신의 정체를 알아차린 것 같다는 생각에 일어나 작별 인사를 고했다.

"소저가 몸이 불편하시다고 하니 저는 이만 물러가겠습니다."

부인이 금과 비단을 상으로 내려 주었으나 소유는 받지 않고 말했다.

"출가한 여도사가 우연히 연주를 한 것뿐입니다. 어찌 악공처럼 사례비를 받겠습니까?"

인사를 올린 뒤 거문고를 끼고 훌쩍 떠났다.

최 부인이 정경패의 방에 들어와 병이 어떤지 묻자 정경패가 말했다.

"많이 좋아졌습니다."

정경패는 침실로 돌아가 몸종에게 물었다.

"춘랑의 병이 오늘은 어떠하냐?"

춘랑은 성이 가賈 씨로 서촉 지방 사람이었다. 그 부친은 아전으로 일하며 정 사도의 집에 많은 공을 세웠는데 문득 병이 들어 세상을 일찍 떠났다. 그 딸이 열 살에 의지할 곳 없게 되자 정 사도 부부가 가련히 여겨 가문 안에 두고 정경패와 함께 놀게 했다. 나이는 정경패보다 한 달 아래로 용모가 수려하고 아름다운 태도를 갖추었는데 존귀한 모습은 정경패에 미치지 못해도 절세가인이요, 시 짓는 재능과 붓글씨의 수준이 정경패와 막상막하였다. 정경패가 친형제처럼 사랑하며 잠시도 떨어지지 않았으니 이름은 비록 노비와 주인이지만 실상은 규중의 벗이었다. 본래 이름은 초운이었는데 정경패가 그 미모를 보고 유명한 시구에서 '춘'이라는 글자를 따와 '춘운春雲'으로 고친 후에는 집안사람들이 모두 '춘랑'이라 불렀다.

곧 춘운이 정경패의 방에 찾아와 말했다.

"거문고 타는 여도사가 중당에 왔다면서요? 얼굴이 선녀처럼 곱다고 하더군요. 소저가 연주를 많이 칭찬하셨다고 들었어요. 그래서 몸이 아픈 것도 잊고 나가 보려 했는데 벌써 떠났다고 하네요. 어찌 그리 일찍 보내셨습니까?"

정경패가 얼굴빛을 달리하며 성난 음성으로 말했다.

"내가 일생을 단정하게 살고자 집 안에서도 중문 밖을 나가지 않고 친척들에게도 얼굴을 드러내지 않았음은 너도 잘 알 거야. 그런데 이번에 간사한 사람에게 속아 수치스러운 일을 당했으니 이 분한 마음을 어째야 할지 모르겠다."

춘운이 놀라 말했다.

"이게 대체 무슨 말씀이세요?"

"아까 왔던 여도사 말이다. 용모가 아름답고 연주한 곡도 모두 세상에서 듣기 힘든 좋은 음악이었어. 그런데…."

춘운이 물었다.

"그런데 무엇이 이상했나요?"

정경패가 말했다.

"처음에 〈예상우의곡〉으로 시작해 나중에는 순임금의 〈남훈곡〉까지 타기에, 내가 하나하나 들으며 감상을 이야기했어. 그리고 〈남훈곡〉으로 음악의 수준이 완성되었으니 더 이상은 듣지 않겠다고 말했지. 그런데 한 곡이 더 있다면서 연주를 하는데 그건 사마상여가 탁문군을 유혹할 때 연주했다는 〈봉구황鳳求凰〉이었어. 낌새가 이상해서 여도사를 자세히 보니 남자인 거야. 분명 나를 한번 구경하겠다며 여장을 하고 온 간사한 사람이겠지. 춘랑이 함께 있었다면 처음부터 알아챘을 텐데. 내가 평생 품어 온 깨끗한 뜻을 더럽히고 말았으니 어찌 이럴 수가 있는지! 어머니께도 차마 말씀드리지 못할 일이니 춘랑이 아니면 누구에게 이 괴로운 마음을 말하겠어?"

춘운이 웃으며 말했다.

"그 곡을 연주했다 해서 반드시 남자라는 법은 없지요. 소저가 걱정이 과한 건 아니십니까?"

정경패가 말했다.

"그렇지가 않아. 그 사람이 연주를 하는 순서가 다 정해져 있었던 것 같거든. 무심히 연주를 했다면 왜 마지막에 유혹하는 곡을 연주했겠어? 또 여자 중에 가녀린 사람도 있고 씩씩해 보이는 사람도 있겠지만 이 사람처럼 시원시원한 느낌을 주는 이는 본 적이 없어. 내 생각에는 과거 날짜가 가까우니 사방에서 모여든 선비 가운데 내 이름을 듣고 직접 시험해 보겠다고 마음먹은 사람의 소행 같아."

춘운이 말했다.

"그 사람이 만일 남자라면 얼굴도 아름답고 기상도 시원하고 음악에도 정통했으니 재주는 뛰어난 사람이겠네요. 정말 사마상여처럼 호걸일 수도 있지 않을까요?"

정경패가 말했다.

"그 사람이 사마상여라도 나는 결코 탁문군이 되지 않을 거야."

춘운이 말했다.

"소저, 우스운 말씀 하지 마세요. 탁문군은 뜻을 가지고 사마상여를 따랐지만 소저는 음악만 들었을 뿐 마음을 두지 않으셨어요. 단아함을 버리신 게 아니니 괜찮지 않겠습니까?"

이렇게 두 여인은 날이 저물도록 이야기를 나누었다.

얼마 뒤 정경패가 최 부인을 모시고 앉아 있는데 정 사도가 들어와 새로운 급제자 명단을 보여 주며 말했다.

"이제까지 딸아이의 혼처를 정하지 못하고 있었는데 이번 급제자 중에 인재가 있는 것 같소. 회남 사람 양소유가 나이 열여섯인데 그의 시를 보고 칭찬하지 않는 이가 없다 하오. 분명 가장 뛰어난 인재요. 들어 보니 얼굴도 빼어나게 잘생겼고 아직 혼인하지 않았다고 하니 이 사람을 사위로 삼으면 좋겠소."

최 부인이 말했다.

"네, 좋습니다. 하지만 한번 만나 보고 정하고 싶군요."

정 사도가 말했다.

"그야 어렵지 않소."

꽃신을 노래해
마음을 드러내고

가짜 산장에서
인연을 맺네

정경패가 방으로 돌아와 춘운에게 정 사도의 말을 전했다.

"전에 거문고 타던 사람이 자신을 초 땅 사람이라고 했고 나이는 열여섯이나 열일곱 정도로 보였어. 그런데 회남은 초 땅이고 나이도 비슷하니 장원 급제자가 바로 여도사로 꾸몄던 사람이 아닐까 싶어. 이 사람이 만일 그 사람이면 우리 집에 왔을 때 알아볼 수 있을 테니 춘운도 같이 자세히 보거라."

춘운이 말했다.

"저는 그 사람을 본 적이 없으니 어찌 알겠어요? 소저가 직접 보셔야만 알 수 있을 듯한데요."

두 사람은 마주 보고 웃었다.

양소유는 회시와 전시에 이어 장원을 차지해 한림원翰林院* 에 들어갔다. 그 명성이 서울 전체를 뒤흔들고 있었다. 고관대작의 집 가운데 딸을 가진 가문들이 구혼하겠다며 몰려들었지만 소유는

다 물리치고 정 사도 댁에 구혼하는 편지를 보낸 뒤 찾아왔다. 화려한 관복에 황제가 내린 계수나무꽃을 꽂고 정 사도 댁 문 앞에 도착하니 종들이 후당으로 그를 인도했다. 가문 사람들이 모두 나와 양소유의 행차를 반기며 맞이했다.

춘운이 최 부인을 모시는 여종에게 말했다.

"어르신과 부인이 나누는 말씀을 들으니, 얼마 전 왔던 거문고 타는 여도사가 이번에 장원 급제한 분의 사촌 여동생이라던데 맞는지요?"

여종이 말했다.

"맞는 것 같네! 전에 왔던 여도사와 똑같구나. 세상에 사촌 간에 저렇게 닮은 사람이 있다니!"

춘운이 당장 정경패에게 가서 말했다.

"소저의 예상이 맞았습니다!"

정경패가 말했다.

"그럼 다시 가서 무슨 말을 하는지 듣고 와 줘."

춘운이 갔다가 한참 만에 다시 와서 말했다.

"어르신께서 소저와의 혼담을 말씀하시니 양 장원이 일어나 절하고는 이렇게 말했습니다.

---

* 한림원 왕과 관련된 주요 문서를 작성하고 왕에게 전문가의 의견을 올리는 일을 맡은 관청

'제가 서울에 와서 귀댁의 소저가 아름답고 정숙하다는 소문을 듣고, 시험관께 혼례를 주선하는 편지를 얻어 왔습니다. 그러나 가문의 차이가 맑은 구름과 흐린 물처럼 너무 다르고 사람의 차이도 봉황과 까마귀 같습니다. 부끄럽고 주저되어 감히 드리지 못했습니다.'

그러고는 소매에서 편지를 꺼내 올리자 어르신께서 뜯어보고 크게 기뻐하시며 술상을 올리라 재촉하고 계십니다."

정경패가 놀라며 말했다.

"이런 큰일을 어찌 그리 쉽게 정하실까."

이때 최 부인이 여종을 시켜 정경패를 불렀다. 소저가 부인에게 가 보니 부인이 말했다.

"양 장원이 정말 인재로구나. 네 아버지가 벌써 정혼을 허락했다. 우리 부부가 마음 든든히 의지할 곳을 얻으니 이제 걱정이 없다."

정경패가 말했다.

"여종의 말을 들으니 양 장원의 모습이 저번에 거문고 타던 여 도사와 매우 닮았다던데 그렇습니까?"

"정말 그렇구나. 여도사의 신선 같은 풍채와 도인 같은 골격이 워낙 특별해 사람을 보내 다시 초대하려다 못했는데, 그러고 보니 양 장원의 얼굴과 똑같구나. 그것만 보아도 양 장원이 얼마나 아름다운 모습인지 알 수 있겠지."

정경패가 말했다.

"아무리 미남에 인재라 해도 저는 그 사람에게 의심을 둘 만한 일이 있습니다. 혼인할 수 없을 듯합니다."

최 부인이 말했다.

"그게 무슨 말이냐? 너는 규방의 처녀고 양 장원은 회남 사람이라 서로 만날 일도 없었는데 무슨 의심할 일이 있었다는 게냐?"

정경패가 말했다.

"이 일은 부끄럽고 민망해 어머니께도 말씀드리지 못했습니다. 얼마 전의 여도사가 바로 양 장원입니다. 여장을 하고 거문고를 타러 온 건 제 얼굴을 보려 했던 것이고요. 함정에 빠져 속았으니 어찌 좋은 사람이라 생각하겠습니까?"

최 부인은 경악을 금치 못했다. 그때 정 사도가 양 장원을 보내고 기쁨이 가득한 얼굴로 들어와 말했다.

"경패야, 오늘 네가 훌륭한 남편감을 얻는 경사가 있구나. 정말 기분이 좋다."

최 부인이 말했다.

"딸아이 마음은 우리와 다릅니다."

그러고는 정경패가 한 이야기를 전했다. 정 사도가 이 이야기를 듣고 더욱 즐거워서 껄껄 웃으며 말했다.

"양랑이 풍류가 있는 인재로구나! 당나라 시인 왕유王維가 태평공주의 마음을 사기 위해 그 집에 찾아가 비파를 연주했다더니, 양랑의 행실이 바로 그렇구려. 양랑은 배필 될 사람을 먼저 보려고 잠깐 여장을 한 것뿐인데 뭐가 큰 잘못이겠소? 더구나 딸아이는 양랑을 여자로 보았으니 남녀 간인 줄 알고 만난 것도 아닌데 무슨 잘못이라고 하겠소?"

정경패가 말했다.

"제 행실에 흠이 생기진 않았지만 그에게 속았다는 것이 분합니다."

정 사도가 껄껄 웃으며 말했다.

"그건 내가 알 바가 아니다. 나중에 양랑에게 따지도록 하거라."

정 사도가 길일을 택해 양 장원에게 혼인 예물을 받았다. 이후 양랑은 정 사도 집의 별당에 와서 예비 사위로 함께 살았다.

하루는 정경패가 춘운의 처소에 갔는데 춘운이 꽃신에 수를 놓다 잠든 모습을 보게 되었다. 놓던 수가 정교하고 아름다워 감탄하다가 문득 작은 종이에 적힌 시를 발견했다. 꽃신을 두고 써 놓은 시의 내용은 이러했다.

가련하다, 너는 고운 분께 사랑받으며
가시는 걸음마다 늘 곁에 함께하지만
비단 휘장 안에 촛불 끄고 허리끈 풀며
침상에 오르실 때는 외로이 버려질 테니

정경패가 시를 다 읽고 생각했다.

'춘랑의 시가 더욱 발전했군. 나를 고운 분이라 하고 자기를 꽃신에 비유했네. 나와 한시도 떨어지지 않고 있는데 내가 혼인하면 홀로 남을까 걱정하는 내용이니, 춘랑이 나를 진심으로 사랑하는구나.'

그러다 문득 한 번 더 시를 읽고는 빙그레 웃으며 중얼거렸다.

"다시 보니 자기도 침대에 오르고 싶은 뜻이 숨어 있는걸. 나와 함께 한 사람을 섬기고 싶어 하는구나! 이 아이의 마음이 흔들리는군."

정경패는 춘랑을 깨우지 않고 최 부인을 찾아갔다. 부인은 양 한림의 점심 준비를 지시하고 있었다. 정경패가 말했다.

"어머니, 양 한림의 옷과 음식을 준비하느라 고생이 많으시지요. 제가 해야 할 일이나 혼인 전에 나서는 것이 맞지 않으니, 춘운을 보내 양 한림을 보살피게 하면 어떨지요?"

최 부인이 말했다.

"춘운의 자격이야 부족함이 없지. 그러나 그 아이의 아비가 우리 가문에 공로가 많고 춘운이 워낙 빼어나서 너를 따라 양 한림의 첩으로 삼기에는 아깝구나. 춘운의 소원이 아닐 것 같다."

정경패가 말했다.

"춘운의 마음은 저를 떠나지 않는 것입니다."

최 부인이 말했다.

"시집가면서 여종을 데려가는 것은 보통 있는 일이지만 춘운은 재주와 용모가 너무 출중하니 함께 가는 건 적당하지 않을 듯하다."

정경패가 웃으며 말했다.

"양랑은 먼 시골 출신의 열여섯 서생 주제에 석 자 거문고를 들고 재상 댁 깊고 깊은 처녀의 방에 들어와 음악으로 사람들을 속이고 몰래 제 얼굴을 보고 간 사람입니다. 그런 사람이 평생 한 여자의 남편으로만 지내겠습니까? 나중에 벼슬이 정승에 오르면 몇 사람의 춘운을 거느릴지 모릅니다."

이때 정 사도가 들어오자 최 부인이 정경패의 말을 전하며 말했다.

"제 생각엔 합당하지 않습니다. 정식 혼인도 하기 전에 아름다운 첩을 먼저 보내다니요."

정 사도가 말했다.

"춘운의 재주와 용모가 경패와 비슷하고 또 서로 사랑하고 아끼다 보니 헤어지지 않으려 하는 것 아니오? 이미 둘 다 양랑에게 시집가기로 했다면 누가 먼저 가는 것이 무슨 상관이겠소? 춘운을 보내 양랑과 함께 있게 해도 나쁘진 않소. 다만 그냥 보내자니 너무 초라하고 예식을 치러 주자니 혼인 전이라 적당하지 않소. 그게 걱정이오."

정경패가 말했다.

"춘운의 몸을 빌려 제 분한 마음을 갚고 싶습니다. 십삼 오빠*에게 이러이러하게 하라고 해 주세요."

정 사도가 껄껄 웃으며 말했다.

"그 계획이 아주 마음에 드는구나!"

정 사도의 조카 중에 십삼랑이라는 젊은이가 있는데 성품이 선하고 호탕하며 농담을 즐겨해서 양소유와 가장 친했다. 그를 말하는 것이었다.

정경패가 자기 방에 돌아와 춘운에게 말했다.

"어린 시절 머리카락이 이마를 덮을 때부터 춘랑과 함께 꽃가지를 꺾으며 놀았던 기억이 생생해. 그런데 내가 벌써 혼인 예물을 받게 되었으니 춘랑도 어린 나이가 아니라는 게 새삼스럽네. 혼인은 평생이 걸린 일인데, 춘랑은 어떤 사람을 따르고 싶어?"

춘운이 말했다.

"저는 소저의 은혜를 갚을 길이 없으니 죽을 때까지 소저를 모시고만 싶습니다."

정경패가 말했다.

"나는 춘랑의 마음이 나와 같을 줄 알고 있었어. 지금부터 내가 의논하는 일을 잘 들어 줘. 양랑이 거문고 곡조로 나를 속인 일 말

* 십삼 오빠 한집안 형제 중 열세 번째 오빠라는 뜻

이야. 춘랑이 아니면 그 복수를 할 방법이 없어. 종남산 깊은 골짜기에 우리 집 산장이 있잖아. 그윽한 경치가 인간 세계 같지 않지. 여기에 춘랑의 신방을 차려 놓고 십삼 오빠와 함께 이러이러하게 해서 양랑을 속여 원수를 갚고 싶어. 내 소원을 들어줄 거지?"

춘운이 말했다.

"소저의 분부를 어찌 따르지 않겠습니까? 다만 나중에 얼굴을 들기 어려울까 걱정입니다."

정경패가 말했다.

"남을 속이는 부끄러움이 남에게 속는 부끄러움보다 더하겠어?"

춘운이 정경패의 말을 따르겠다고 대답했다.

그때 양소유는 한림원의 일이 많지 않아 대궐에서 근무를 마치면 친구들과 한가로이 즐기는 시간이 많았다. 하루는 정십삼이 양소유에게 말했다.

"남쪽으로 조금 가면 경치가 아주 좋은 곳이 있다 하오. 같이 한 번 가 봅시다."

두 사람이 술병을 들고 십 리쯤 가서 맑은 시내 앞에 이르렀다. 솔숲의 향기가 풍겨 오는 곳에 앉아 술잔을 주고받았다. 때는 봄과 여름 사이, 시냇물 위로 산꽃이 어지럽게 떠내려오는 모습이 천상의 풍경처럼 아름다웠다. 정십삼이 말했다.

"이 물은 자각봉이라는 봉우리에서 내려오지요. 십 리쯤 더 올라가면 여기보다 환상적인 경치가 있는데, 달 밝은 밤이면 선녀들의 음악 소리가 들린다고 하더군요. 나도 가 본 적이 없었는데 마침 형과 함께 오게 되었으니 거기까지 가 봅시다."

호기심 많은 양소유는 이 말에 매우 기뻐하며 가 보고 싶어 했다. 그런데 이때 정십삼의 아이종이 급히 와서 말했다.

"댁에 계신 낭자께서 병환이 나셨습니다. 서방님을 찾으시는데요."

정십삼이 서둘러 일어나며 말했다.

"형과 같이 선경仙境을 찾아가려 했는데 집안일로 못 가는군요. 저에겐 선녀들의 음악을 들을 기회가 없나 봅니다."

정십삼은 바삐 돌아갔다.

혼자 남은 양소유는 약간 외로웠지만 흥이 식지 않아서 시냇물을 따라 계속 더 들어갔다. 갈수록 경치는 아름다운데 시냇물 위로 시가 적힌 계수나무 잎이 둥둥 떠내려오는 것이 보였다.

　　신선의 개가 구름 밖에서 짖으니
　　혹시 선녀의 남편 될 분이신가?

양소유는 이상하다는 생각이 들었다.

'이렇게 깊은 산속에 사람이 있을 리 없는데. 시 또한 평범하지

가 않고.'

더 깊숙이 들어가자 아이종이 말했다.

"날이 저물어 성으로 돌아가지 못할 것 같습니다."

양소유가 그래도 듣지 않고 결국 십 리를 더 갔다. 해는 지고 달빛은 밝은데 자고 갈 곳은 전혀 없어 그제야 비로소 당황해했다. 문득 열 살쯤 되어 보이고 푸른 옷을 입은 어린 여종이 시냇가에서 옷을 빨다가 양소유를 보고는 황급히 돌아가며 말했다.

"낭자, 서방님께서 오십니다!"

양소유가 그 말을 괴이하게 여기며 몇 걸음 더 갔더니 시냇가에 매우 깨끗하고 운치 있는 작은 정자가 있었다. 그곳에 한 여인이 달빛을 받으며 푸른 복숭아나무 아래 서서는 소유를 보고 정중히 인사를 올렸다.

"양랑께서는 어찌 이리 늦게 오셨습니까?"

여인은 은은한 붉은 비단옷을 입고, 머리에 푸른 옥비녀를 꽂고, 허리에 백옥 장식을 드리우고 있었다. 아리땁고 가녀린 모습이 정말 선녀인가 싶었다. 양소유가 어찌할 바를 몰라 하며 말했다.

"소생은 인간 세계에서 왔습니다. 달빛 아래 선녀와 만나기로 한 약속은 없었는데 무슨 말씀이신지요."

여인이 말했다.

"정자에서 조용히 말씀드리겠습니다."

양소유를 정자로 안내하고는 술상을 대접했다. 여인이 탄식하

듯 나직한 목소리로 말했다.

"기억 못하시겠지만 옛일을 말씀드리지요. 저는 천상의 선녀이
신 서왕모를 모시는 시녀였고 서방님은 신선이셨습니다. 서방님
이 서왕모께 인사를 드리러 왔다가 저를 보고 마음에 두셔서 과일
을 주셨는데 서왕모께서 이 일을 아시고 저희 둘을 선계에서 쫓아
보내셨지요. 서방님은 인간 세계로 가시고 저는 이 산속에 귀양을
왔습니다. 곧 귀양이 끝나 선계로 돌아가야 하는데 서방님을 꼭 한
번 뵙고 싶어 한 달만 기한을 늦추어 달라고 선관에게 부탁했어요.
그래서 오늘은 서방님이 오실 줄 알고 있었습니다."

이때 달이 높이 뜨고 은하수가 기울며 밤이 깊어 갔다. 두 사람
이 손을 잡고 잠자리에 드니 소유는 선녀와 만난 것처럼 황홀해
말로 표현할 수가 없었다. 둘의 다정함을 다 풀지 못했는데 새벽이
밝아 오자 여인이 양소유에게 말했다.

"오늘은 제가 선계로 돌아가는 날이라 선관들이 저를 데리러
옵니다. 서방님께서 먼저 내려가시지 않으면 둘 다 또 꾸중을 듣게
될 거예요. 서방님, 옛정을 잊지 마셔요. 언젠가 만날 기약이 있겠
지요."

여인은 비단 치마폭에 이별시를 써서 소유에게 주었다.

　　서로 만나니 하늘에 꽃이 가득

　　이제 이별하니 물 위에 꽃이 가득

봄빛은 꿈속처럼 영롱하고

흐르는 물은 천 리에 아득하네

소유도 소맷자락을 떼어 시를 써 주었다.

바람은 패옥에 불어 나부끼고

흰 구름은 무슨 일로 흩어지는가

선녀를 만난 누각에서

비와 구름처럼 다시 만나고 싶어라

여인이 거듭 떠나라고 재촉하자 서로 눈물을 뿌리며 헤어졌다.
양소유가 산을 내려오다 뒤를 돌아보니 흰 구름이 골짜기를 휘감
아 정말 천상을 다녀온 듯 아득하기만 했다. 소유는 집에 와서도
선녀 생각뿐이었다.

'선녀가 귀양 기한이 다 찼다고는 했지만 꼭 오늘 간다는 법이
있는가? 이따 다시 산속에 찾아가서 선관이 데리러 오는 모습이라
도 보고 와야겠다.'

이날 밤새 잠을 자지 않고 있다가 이른 새벽 일어나 아무도 모
르게 시종만 데리고 자각봉 가는 길을 찾아갔다. 그러나 선녀와 만
났던 곳은 꽃잎 흐르는 시냇물만 그대로일 뿐, 텅 빈 정자는 적막
하고 아무도 없었다. 소유는 그 근처에서 왔다 갔다 방황하며 눈물

만 흘리다가 돌아왔다.

며칠 뒤 정십삼이 양소유를 만나 말했다.

"지난번 아내의 병 때문에 형과 함께 더 있지 못해 아쉬웠소. 이제 복사꽃은 졌지만 버드나무 그늘이 참 좋으니 형과 같이 새소리를 들으러 가야겠소."

두 사람은 말을 몰아 성 밖으로 나갔다. 경치 좋은 곳에 앉아 술잔을 기울였다. 양소유가 문득 보니 거친 언덕 위에 옛 무덤이 반쯤 무너졌고 좌우로 꽃과 버드나무가 많았다. 소유가 탄식하며 말했다.

"인생은 결국 저기로 돌아가는 것이지요. 살아 있을 때 어찌 취하지 않을 수 있겠소?"

정십삼이 말했다.

"저 무덤을 모르시오? 저것은 장여랑의 무덤이오. 여랑은 살아 있을 때 세상 사람이 아닌 것처럼 아름다웠는데 스무 살에 죽고 말았지요. 사람들이 몹시 슬퍼해서 여기 묻고 꽃과 버드나무를 심어 애도했다오. 우리도 여랑의 무덤에 술을 뿌려 꽃다운 넋을 위로하고 갑시다."

소유는 원래 다정한 사람이라 정십삼과 함께 무덤 앞에서 술을 뿌리고 조문하면서 시를 지어 읊었다. 그때 정십삼이 무덤의 무너진 곳에서 흰 비단에 쓴 시를 찾아내고는 말했다.

"어떤 부질없는 사람이 시를 지어 여랑의 무덤에 넣은 것인가?"

소유가 보니 자신이 소맷자락을 떼어 선녀에게 써 준 시였다. 속으로 깜짝 놀라 생각했다.

'장여랑의 넋이 선녀라고 하면서 나와 만난 것이었구나!'

귀신과 잠자리를 했다고 생각하니 머리털이 쭈뼛 서는 것 같았으나 점점 마음이 가라앉으며 생각이 달라졌다.

'그토록 아름답고 따스했는데 선녀와 귀신을 구분해서 무엇하리.'

양소유는 정십삼이 잠시 자리를 비운 틈에 술을 다시 뿌리며 기원했다.

"이승과 저승이 다르지만 생각하고 그리워하는 마음은 똑같소. 꽃다운 영혼께서 나의 정성을 보시고 오늘 밤에 만나기를 바라오."

이렇게 하고는 정십삼과 함께 집으로 돌아왔다. 그날 소유는 밤 깊도록 선녀 생각에 잠을 이루지 못하고 화원을 서성거렸다. 달빛이 어슴푸레 비치더니 갑자기 밖에서 조용한 발자국 소리가 들렸다. 창을 열어 보니 밖에 한 미인이 엷은 화장에 흰옷을 입고는 달빛 아래 서 있는데 바로 자각봉에서 만난 선녀였다. 소유가 반갑고 두근거리는 마음으로 여인의 손을 덥석 잡으니 여인이 사양하며 말했다.

"제 정체를 아셨지요? 분명 두려운 마음이 드셨을 거예요. 처음 서방님을 뵈었을 때 사실대로 말씀드려야 했는데 선녀인 척하며 하룻밤을 모셨습니다. 이것만으로도 저에게는 영광이고 뼈가 썩지 않을 겁니다. 그런데 오늘 또 서방님이 제게 오셔서 술을 뿌리고 외로운 넋을 위로해 주시니, 깊이 감사하는 마음에 한 번 더 서방님을 뵙고 싶어 왔을 뿐입니다. 어찌 감히 비천한 귀신의 몸으로 서방님께 가까이 가겠어요? 한 번도 심한 일인데 어찌 또 그럴 수 있겠습니까?"

소유가 말했다.

"귀신을 무서워하는 자는 어리석은 사람이오. 사람이 귀신이 되고 귀신이 또 사람이 되는 것 아니겠소? 내 마음이 이러한데 왜 그대는 나를 피하려 하오?"

여인이 말했다.

"제가 어찌 서방님을 피하겠어요? 서방님은 제가 곱게 단장한 모습을 보고 좋아하시는 것일 뿐입니다. 사실은 이게 모두 꾸며 낸 것이고 실제로는 푸른 이끼가 낀 백골의 모습인데 어찌 귀한 몸으로 저를 가까이하려 하십니까?"

소유가 말했다.

"부처님이 말씀하셨소. 사람의 몸은 흙과 물과 바람과 불로 이루어졌다고. 누가 진짜고 누가 가짜라 하겠소?"

여인을 이끌어 함께 밤을 보내니 전보다 더 깊이 정드는 듯했다. 소유가 말했다.

"앞으로 밤마다 만날 수 있겠소?"

여인이 말했다.

"귀신과 만나는 일은 사람의 정성에 달려 있어요. 서방님께서 저를 정말 사랑하신다면 제가 어찌 싫다고 하겠습니까?"

하고는 새벽 종소리에 몸을 일으켜 조용히 꽃나무 숲 사이로 사라져 갔다.

가춘운은
선녀인가 귀신인가

적경홍은
남자인가 여자인가

양소유는 여인을 만난 후로 친구들 모임에도 가지 않고 화원에서만 지내며 마음을 온통 거기에 쏟았다. 어느 날 문득 화원 문밖에 말을 세우는 소리가 나더니 두 사람이 들어왔다. 정십삼이 뒤에 온 사람을 소유에게 소개하며 이렇게 말했다.

　"이분은 태극궁의 두 진인*이라는 분이오. 관상을 보시는데 옛 선인들과 겨룰 만한 실력자이시지요. 양 형의 관상을 보이려고 함께 왔소."

　소유가 진인에게 말했다.

　"명성을 들은 지 오래인데 이제야 뵈었군요. 선생께서 보시기에 정 형의 관상은 어떻습니까?"

　정십삼이 말했다.

---

*　진인　도교에서 도를 깨달은 사람을 일컫는 말

"선생께서 저에게 삼 년 안에 급제하며 여덟 고을의 자사를 지내고 잘 살 거라 하시니 저는 만족합니다. 틀린 얘기를 하신 적이 없으니 한번 물어보시지요."

양소유가 말했다.

"군자는 좋은 일을 묻지 않고 안 좋은 일을 물어 미리 대비한다고 하더군요. 제 관상을 보시고 안 좋은 것이 있으면 숨기지 말고 말씀해 주십시오."

진인이 소유의 얼굴을 자세히 보더니 말했다.

"양 선생은 눈썹이 빼어나고 봉황같이 빛나는 눈을 가졌으니 벼슬이 정승까지 오를 것이오. 또 귓불이 진주 같고 희니 이름이 천하에 알려질 것이고, 권세 가득한 골격을 가졌으니 군대를 지휘해 위엄으로 사방의 오랑캐를 다스리고 만 리 땅의 제후가 될 것이오. 백 가지 중 하나도 흠이 없습니다만, 단 한 가지 뜻밖의 재앙으로 죽는 액운이 하나 있군요. 나를 만나지 않았다면 큰일 날 뻔했소."

양소유가 말했다.

"사람의 행운과 불행은 자기가 평소 어떻게 사느냐에 달렸지만 온갖 병만큼은 마음대로 할 수가 없지요. 혹시 어떤 중병이 있는지요?"

진인이 말했다.

"예사롭지 않은 재앙이 하나 있습니다. 푸른빛이 이마 한가운데를 꿰뚫었고 사악한 기운이 눈썹 사이에 침범해 있소. 혹시 내력이 분명하지 않은 여종을 집안에 두셨는지요?"

양소유는 속으로 장여랑이 재앙의 원인이라는 걸 알아차렸다. 그러나 사랑하는 마음이 크다 보니 조금도 놀라지 않은 모습으로 태연히 대답했다.

"그런 일은 없소."

진인이 말했다.

"그러면 혹시 오래된 절 같은 데서 영혼을 느꼈다거나 꿈에 귀신을 만난 듯한 일은 없었는지요?"

양소유가 동요하지 않고 다시 대답했다.

"그런 일도 없소."

정십삼이 말했다.

"두 선생은 틀린 말을 한 적이 없소. 양 형은 자세히 생각해 보시오."

양소유가 대답하지 않자 진인이 말했다.

"사람은 양의 기운으로 이루어져 있고 귀신은 음의 기운으로 이루어져 있습니다. 그래서 불과 물이 섞이지 못하는 것처럼 서로 섞일 수 없지요. 지금 귀신의 기운이 상공의 몸에 들어 있는데 사흘 뒤에 골수까지 들어가면 목숨이 위태롭소. 그때 가서 제가 말해 주지 않았다고 원망하지 마십시오."

양소유가 생각했다.

'장여랑과 나는 서로 깊이 사랑하는 사이인데, 저 진인의 말이 어느 정도 맞다 해도 정말 나를 해치는 일이 있겠는가. 초나라 회왕도 선녀와 사랑을 나누었고 옛날 노충이라는 사람도 귀신 아내에게서 자식을 낳았으니 무슨 재앙이 있을 리 없다.'

양소유가 진인에게 말했다.

"사람의 생사와 길흉이 다 정해져 있다 하니 만일 장군이나 재상이나 제후가 될 상이라면 귀신이 나를 어찌하지는 못할 것이오."

진인이 얼굴빛을 고치더니 벌떡 일어나 "이제는 내가 알 바 아니오이다!" 하고는 소매를 떨치고 밖으로 나가버렸다. 양소유도 그를 말리지 않았다.

정십삼이 이를 보고 말했다.

"형은 귀하고 높은 지위를 누릴 관상이오. 하늘이 도울 것인데 무슨 귀신이 있겠소? 두 진인 같은 사람들은 간혹 거짓말로 사람을 속이니 싫어할 만하지요."

정십삼은 술상을 내오게 해서 해가 저물도록 함께 마시고 양소유가 취한 뒤에 떠났다.

이날 밤 양소유는 방 안에 향을 피우고 장여랑이 오기를 기다렸으나 밤이 다 지나가도록 그림자도 보이지 않았다. 기다림에 지쳐 침상에서 자려 하는데 홀연 창밖에서 장여랑의 울음 섞인 목소리가 들렸다.

"서방님, 요괴로운 도사의 부적을 머리에 감추고 계시니 제가 가까이 다가갈 수가 없습니다. 서방님의 뜻이 아닌 줄은 알지만 이 또한 인연이 끝났다는 의미인가 봅니다. 안녕히 계십시오. 이로써 영원히 이별입니다."

양소유가 놀라 일어나 문을 열고 두리번거렸으나 아무것도 보이지 않았다. 방에 돌아와 머리를 만져 보니 상투 사이에 붉은 글씨로 쓴 부적이 들어 있었다. 소유는 화가 나서 혼자 큰 소리로 고함을 질렀다.

"이상한 자 때문에 만남이 깨졌구나!"

부적을 찢어버리고는 이렇게 생각했다.

'어제 정십삼이 억지로 술을 권하고 내가 취하고서야 갔으니 분명 그가 한 일인가 보다. 나쁜 뜻으로 한 일은 아니지만 나의 좋은 인연을 깨뜨렸으니 반드시 야단을 치고 말리라.'

날이 밝기를 기다려 정십삼에게 갔으나 나가고 없었다. 그날부터 사흘간 매일 그의 집을 찾아갔지만 번번이 허탕을 치고, 매일 밤 장여랑을 기다렸으나 여랑의 소식도 완전히 끊겨버렸다. 소유는 분하기도 하고 장여랑이 그립기도 해서 잠도 못 자고 밥도 잘 못 먹을 지경에 이르렀다.

어느 날 정 사도와 최 부인이 중당에 술상을 차려 놓고 양소유를 초대했다. 정 사도가 말했다.

"자네 얼굴이 왜 이리 초췌한가?"

소유가 말했다.

"십삼 형과 술을 너무 많이 마셨나 봅니다."

이때 정십삼이 밖에서 들어와 자리에 앉았다. 소유는 화가 잔뜩 난 눈으로 그를 노려보며 말도 건네지 않았다. 정 사도가 소유에게 말했다.

"우리 집 하인들이 그러는데 요새 자네가 화원에서 어떤 여자와 이야기를 한다더군. 그게 무슨 말인가?"

소유가 답했다.

"화원에 누가 오가겠습니까? 잘못 본 것이겠지요."

정십삼이 말했다.

"숨기지 마시오. 형은 두 진인의 말을 막았지만 사실 내가 수상한 거동을 보고 두 진인에게 부적을 받아 형의 상투 속에 숨겨 두었소. 그러고는 화원 숲속에 숨어서 보니 귀신이 형의 창밖에서 울다가 가더이다. 그런데 왜 내게 고마워하지 않고 오히려 무서운 얼굴로 성을 내시오?"

양소유는 더 이상 감출 수 없음을 알고 정 사도에게 말했다.

"참으로 기괴한 일이 있었습니다. 장인께 다 말씀드리겠습니다."

결국 소유는 장여랑을 만나게 된 이야기를 자세히 설명한 뒤 이렇게 덧붙였다.

"십삼 형이 나를 아껴서 한 일인 줄은 잘 알고 있습니다. 그러나 장여랑은 비록 귀신이라도 유순하고 정이 많아 사람을 해칠 리가 없는데 이상한 부적을 붙여 제 곁에 못 오게 했으니 원망하는 마음이 드는 건 사실입니다."

정 사도가 껄껄 웃으며 말했다.

"양랑의 풍류가 대문장가 송옥宋玉의 수준이니 분명 〈신녀부神女賦〉*를 지었을 게야. 내 속이지 않고 말하겠네. 나는 젊을 때 도술을 좀 배워 귀신 부르는 법을 알지. 양랑을 위해 장여랑의 영혼을 불러서 내 조카의 죄를 씻어 주려 하는데 어떠한가?"

양소유가 말했다.

"장인께서 저를 놀리십니다. 어찌 그럴 수가 있겠습니까?"

정 사도가 병풍을 치며 말했다.

"자, 보게나. 장여랑은 어디 있는가? 이리 나오너라."

그러자 홀연 병풍 뒤에서 한 여인이 사뿐히 나와 웃음을 머금고 최 부인 뒤에 서는데 분명히 장여랑이었다. 양소유가 눈을 휘둥그렇게 뜨고 장여랑과 정 사도와 정십삼을 번갈아 바라보다 한참 뒤에 말했다.

"이게 무슨 일이오? 사람인가, 귀신인가. 귀신이 어떻게 대낮에 보이는가?"

정 사도와 최 부인이 웃음을 터뜨리고, 정십삼은 배를 잡고 웃다가 쓰러져 일어나지를 못했다. 정 사도가 말했다.

"사실대로 말해 주겠네. 이 아이는 선녀도 귀신도 아니고 내 집

* 〈신녀부〉 무산 선녀와 초나라 회왕의 만남을 노래한 시

안에서 경패와 함께 자란 가춘운이라고 하네. 요새 양랑이 화원에서 혼인 전 시절을 외롭게 지내는 듯해 이 아이를 보냈지. 본래는 우리 부부가 호의로 시작한 일인데 젊은 아이들이 그 사이에서 장난을 쳐 양랑의 마음을 괴롭혔군."

정십삼이 껄껄 웃으며 말했다.

"나같이 훌륭한 중매에게 감사 인사는 하지 않고 도리어 원수로 여기다니 양 형은 정말 어리석은 사람이로다."

양소유도 껄껄 웃으며 말했다.

"저 여인은 장인께서 보내신 거고 정 형은 중간에서 장난친 죄만 있지. 무슨 공이 있는가?"

정십삼이 말했다.

"내가 조금 장난을 치기는 했지만 실제로 계획을 짠 사람은 따로 있다네. 그러니 내 죄만은 아니지."

양소유가 정 사도에게 말했다.

"장인께서 저를 놀리려고 지휘를 하셨나 봅니다."

정 사도가 웃으며 말했다.

"내 머리가 이미 하얗게 세었는데 젊은이처럼 장난을 쳤겠는가? 양랑이 잘못 생각했네."

양소유가 말했다.

"장인도 정 형도 아니라면 또 누가 나를 속이겠습니까?"

정십삼이 말했다.

"성인께서 말씀하셨지요. '네가 한 일은 너에게 다시 돌아간다.' 양 형은 누구를 속인 적이 없는지 스스로 생각해 보시오. 남자가 여자로 변할 수도 있는데 여자가 귀신이 되는 게 뭐 그리 놀랄 일이겠소?"

양소유가 그제야 깨닫고는 껄껄 웃으며 "그렇구나! 그렇구나!" 하더니 최 부인에게 말했다.

"제가 정 소저에게 죄를 지은 일이 있습니다. 작은 원한이지만 절대 잊지 않으셨군요."

정 사도와 최 부인이 한바탕 크게 웃었다.

소유가 춘운에게 말했다.

"춘랑이야말로 너무했다. 앞으로 섬길 남편을 속이는 것이 아내의 도리로 마땅한가?"

춘운이 꿇어앉더니 말했다.

"장군의 명령을 먼저 따르다 보니 황제의 명령을 듣지 못했습니다."

양소유가 그윽이 감탄하며 말했다.

"옛날 무산 선녀가 아침에는 구름이 되고 저녁에는 비가 되어 내렸다던데 지금 춘랑은 아침에 선녀가 되고 저녁에 귀신이 되었으니 그와 겨룰 만하구나. 강한 군대에는 약한 장수가 없다는데 부하 장수가 이럴 정도면 그 대장은 어떠할지 알겠도다."

이날 모든 사람이 즐거워하면서 종일토록 취했다. 춘운은 새 신부로 끝자리에 앉아 있다가 날이 저물자 등불을 들고 양소유를 모셔 화원으로 돌아갔다.

양소유가 정경패와 혼인하기 위해 조정에 허가를 받고 어머니 류 부인을 모셔 오려 했다. 그런데 이때 나라에 토번吐蕃* 이 침입하고, 하북 지방의 세 절도사가 반란을 일으켜 조정을 배반하며 스스로를 연왕, 조왕, 위왕이라 불렀다. 황제가 근심해 조정 신하를 모두 모으고 반란 지역을 정벌하려 했으나 아무도 대책을 내지 못했다. 양 한림이 말했다.

"우선 황제께서 조서를 내려 타이른 뒤 항복하지 않으면 한나라 무제가 그랬던 것처럼 정벌해야 합니다."

황제가 옳다 여기고 양소유에게 조서를 쓰라고 했다. 어전에서 바로 글을 쓰는데 강물이 용솟음치는 것 같았다. 바람이 휘몰아치듯 붓을 휘둘러 순식간에 조서를 완성했다. 황제가 보더니 기뻐하며 말했다.

"이 글은 위엄을 갖추고 있으면서도 은혜로운 기상이 넘치니 황제의 명령으로 적합하다. 미친 도적들이 이를 보면 분명 잘못을 깨닫고 항복할 것이다."

조서를 각 도에 내리자 조나라와 위나라에서는 두려워하며 복

* 토번 당나라와 송나라가 티베트족을 이르던 말

종했다. 왕이라는 칭호를 없애고 사죄의 뜻으로 비단 만 필과 말 천 필을 올렸다. 그러나 연나라는 거리가 멀고 군대가 강함을 믿어 항복하지 않았다.

황제가 양소유를 불러 칭찬하며 말했다.

"하북의 작은 세 나라가 조정에 순종하지 않은 지 백여 년이 되었다. 예전에 덕종 황제께서 십만 군사로 정벌하셨는데도 승복하지 않았지. 그런데 경이 조서 한 편으로 두 나라의 항복을 받아 냈으니 십만 군사보다 뛰어난 힘이 아닌가!"

황제가 비단 삼천 필과 말 오십 필을 상으로 내리고 양소유의 벼슬을 높여 주려 하자 소유가 사양하며 말했다.

"연나라가 아직 복종하지 않고 있으니 어찌 이 상을 받겠습니까? 병사를 내려 주시면 싸움터에 나가 목숨을 걸고 황제의 은혜를 갚겠습니다."

황제가 그 뜻을 장하게 여겨 병사를 주려고 하자 대신들이 모두 나서서 말했다.

"양소유가 먼저 연왕을 타일러 명령을 따르게 하고, 그래도 거역하면 그때 군대를 보내시는 것이 좋겠습니다."

황제가 옳다 여겨 양소유를 사신으로 임명하고 연나라에 가도록 했다. 소유가 물러 나와 정 사도를 만나니 그가 말했다.

"연나라가 교만해 조정을 거역한 지 오래되었지. 양랑이 서생의 몸으로 거친 땅에 들어가게 되었으니 걱정이로군. 조정에서 의논해 결정된 일이기는 하지만 내 상소를 올려 사신을 바꾸어 달라고 청하려 하네."

소유가 말리며 말했다.

"장인께서는 염려하지 마십시오. 연나라가 반란을 일으킨 것은 조정이 잠시 어지러운 틈을 타 교만하게 구는 데 지나지 않습니다. 지금은 조정에 기강이 잡히고 황제께서 현명하시어 위나라와 조나라가 이미 항복하지 않았습니까. 연나라 혼자 무슨 짓을 더 할 수는 없을 겁니다. 제가 가면 결코 나라를 위태롭게 하지 않겠습니다."

그날 짐을 꾸려 출발하려 하자 춘운이 양소유의 옷자락을 잡고 울며 말했다.

"상공이 한림원에서 주무시는 날이면 제가 이불을 싸고 관복을 받들어 입혀드렸고, 그때마다 저를 자주 돌아보며 사랑하는 기색을 보이셨습니다. 그런데 지금은 만 리 길을 가시면서 어찌 한 말씀도 하지 않으십니까?"

양소유가 껄껄 웃으며 말했다.

"대장부가 나랏일을 하는데 어찌 사적인 정을 돌아보겠느냐? 춘랑은 공연히 마음 아파하며 꽃다운 얼굴을 상하지 말고 소저를 잘 모시고 있어라. 내가 공을 이루고 큰 황금 도장을 받아 돌아오는 모습을 기다리거라."

양소유는 여러 날을 가서 낙양에 도착했다. 초라한 옷차림으로 나귀를 타고 이 땅을 지나갔던 열여섯 살 젊은 선비가 일 년 사이에 황제가 내린 옥을 들고 말 네 마리가 끄는 가마를 몰고 가게 된 것이다. 낙양 태수가 길을 고치고 하남 부윤이 인도해 그가 지나는 길이 모두 빛나니 사람들이 모두 소유를 천상의 사람으로 생각할 정도였다.

소유가 먼저 시종으로 하여금 섬월의 소식을 알아보게 했는데 그 집은 문이 잠긴 지 오래였다. 마을 사람이 말했다.

"섬랑은 지난봄 먼 곳에서 온 젊은 선비가 묵고 간 이후 잔치나 연회에 일절 참석하지 않고 관아에서 여러 번 불러도 가지 않았소. 그러더니 미친 척 꾸미고는 도사의 옷을 입고 정처 없이 떠돌아다녀서 이제는 어디 있는지도 알 수 없게 되었소."

시종이 돌아와 이 말을 알리자 소유가 크게 슬퍼했다.

이날 양소유가 숙소에 묵고 있는데 하남 부윤이 기녀를 여러 명 불러 아름답게 꾸미게 하고는 잔치를 베풀었다. 그러나 소유는 그들에게 눈길 한 번 주지 않고 벽에 시를 한 편 썼다.

비 내린 천진에 버들빛 새롭고

지난봄 그 경치는 그대로인데

안타깝네, 큰 가마로 늦게 돌아왔더니

누각에 있던 그 미인 못 보게 되었구나

양소유가 붓을 놓고 수레에 오르자 기녀들이 부끄러워하며 부윤에게 그 시를 보였다. 부윤이 시 속의 뜻을 알아채고는 여러 곳에 방을 붙여 계섬월을 찾았다.

양소유가 연나라에 도착했다. 변방 사람들은 이런 풍채를 본 적이 없었던지라 그가 지나가는 곳마다 수레 좌우로 길을 메우니 위풍이 진동했다. 양소유는 연왕과 만나 황제의 덕망과 위엄을 전하고 사리에 맞게 타일렀다. 그 말솜씨가 마치 파도가 도도하게 밀려오는 듯했다. 연왕이 결국 마음으로 복종하며 왕이라는 칭호를 내려놓고 황제에게 순종할 뜻을 밝혔다. 그리고 양소유에게 잔치를 베풀어 주면서 황금 천 냥과 명마 열 필을 선물로 바치고자 했으나 소유가 받지 않고 돌아오는 길에 올랐다.

십여 일을 돌아갔을 때쯤 한단이라는 땅에 도착했다. 한 소년이 홀로 말을 타고 가다 양소유 일행을 보고 말에서 내려서는데 말과 소년의 모습이 준수했다. 소유가 멀리서 보며 말했다.

"저 말은 진짜 준마로구나."

이어서 소년을 보니 얼굴이 미남자로 유명한 반악과 위개보다 더 깨끗하고 빼어나게 고왔다.

'내 장안과 낙양을 두루 다녀 보았지만 이렇게 잘생긴 소년은 본 적이 없다. 분명 재주도 뛰어나겠지.'

소유는 이렇게 생각하며 시종을 시켜 소년을 불러오도록 했다.

양소유가 소년을 보고 말했다.

"우연히 길에서 소년의 아름다운 용모와 풍채를 보고 아끼고 싶은 마음이 들어 불렀소. 나의 청에 응하지 않을까 걱정했는데 와 주시니 다행이오. 형의 이름은 어찌 되오?"

소년이 대답했다.

"저는 북방 사람으로 성은 적이요, 이름은 백란입니다. 외진 곳에서 자라 스승도 벗도 없어서 문무의 능력이 다 부족합니다. 다만 지기知己*를 만나면 그를 위해 목숨을 걸겠다는 뜻을 품었지요. 상공께서 하북 땅을 지나실 때 그 위엄이 천둥 벼락처럼 크고 은혜가 봄과 같이 따스했기에, 저의 얕은 재주를 생각지 않고 닭 울음 흉내와 좀도둑질로 맹상군의 목숨을 구해 준 식객들처럼 상공의 문하에 들어가고 싶다는 마음을 갖고 있었습니다. 그런데 상공께서 먼저 저를 불러 주시니 다행스럽습니다."

양소유가 크게 기뻐하며 말했다.

"같은 소리는 서로 응하고, 같은 기운은 서로를 구하는 법. 이는 정말 반가운 일이오!"

그러고는 적생과 말고삐를 나란히 하고 동행하면서 먼 길 가는 고단함을 나누었다.

낙양에 도착해 천진 주루 앞을 지나니, 소유는 예전에 섬월을 만

* 지기 자기의 마음과 뜻을 알아주는 진정한 친구

났던 기억에 마음을 추스르기 어려웠다. 그때 누각 위에 한 여인이 난간에 기대어 자신을 바라보는 모습이 보이는데, 바로 섬월이었다. 두 사람이 만나 벅찬 마음을 나눈 뒤 섬월이 이야기를 시작했다.

"상공이 떠나가신 후 귀족가의 젊은 선비들과 이 지역의 태수, 부윤 들이 사방에서 저를 괴롭혔습니다. 곤란을 겪기도 하고 수모를 받기도 했지요. 그래서 머리카락을 자르고 몸이 아프다는 거짓말로 성을 떠나 산골에 들어가 혼자 살았습니다. 그러다 며칠 전 부윤이 찾아와 상공께서 지나가시며 저를 그리워하는 시를 지으셨다고 하더군요. 자기의 잘못을 사과할 테니 옛날 제가 살던 집으로 돌아가 달라고 간청했습니다. 사과를 받으니 여자도 귀하고 소중하게 대우받을 수 있다는 생각이 들었어요. 아까 누각 위에서 상공이 이곳으로 행차하시는 모습을 바라볼 때는 사람들이 다 제 운명을 부러워하겠구나 하고 생각했지요. 상공께서는 급제해 한림학사가 되셨지요? 부인은 얻으셨습니까?"

소유가 정경패와 정혼했다는 이야기를 전하고 말했다.

"아직 화촉 아래서 보지는 못했으나 정 소저의 재주와 용모는 섬랑의 말 그대로였네. 좋은 중매를 해 주었으니 은혜를 어찌 갚아야겠나?"

양소유는 이렇게 섬월과 하룻밤을 보내고 며칠을 더 머물렀다. 그 며칠 동안 적생이 보이지 않았는데 시종이 양소유에게 말했다.

"적생이라는 분은 좋은 사람이 아닌 듯합니다. 소인이 우연히 보았는데 사람 없는 조용한 곳에서 섬 낭자와 서로 가까이 앉아 이야기를 주고받고 있었습니다. 섬 낭자는 상공을 따르는 사람인데 어찌 그럴 수가 있나 모르겠습니다."

양소유가 말했다.

"적생이 그랬을 리가 없고, 섬랑은 더더욱 의심할 바 없다. 네가 잘못 보았을 것이야."

시종이 불만스러운 표정으로 물러갔다가 곧 돌아와서 말했다.

"상공께서 소인이 헛된 말을 한다고 하셨는데 두 사람이 지금 서로 장난을 주고받고 있으니 와서 한번 보시지요."

양소유가 시종을 따라 숙소의 서쪽 복도를 지나서 가 보니 두 사람이 낮은 담장을 가운데 놓고는 손을 잡고 장난하며 웃고 있었다. 소유가 더 가까이 가서 그들의 말을 들으려다가 신발 끄는 소리를 냈다. 그 소리에 적생은 놀라 달아나고 계섬월은 소유를 보고 약간 민망한 얼굴을 했다. 소유가 물었다.

"두 사람이 원래 친한 사이였는가?"

섬월이 말했다.

"제가 기녀들 무리에서 천하게 자라 남녀 사이를 꺼리지 않고 친하게 지냈습니다. 상공이 의심하시게 했으니 만 번 죽을죄를 지었습니다."

양소유가 말했다.

"나는 섬랑을 조금도 의심하지 않네. 불편해하지 말게."

그러고는 생각했다.

'적생은 나이가 어려서 분명 나를 대하기 어려워할 거야. 내가 먼저 불러 마음을 달래 주어야겠다.'

사람을 시켜 적생을 찾도록 했으나 이미 어디로 갔는지 알 수가 없었다. 양소유는 크게 후회하며 말했다.

"옛날 초나라 장왕은 신하의 허물을 덮어 주려고 갓끈을 끊었는데* 나는 아무것도 아닌 일을 확인하다 훌륭한 선비를 잃었구나. 나 자신을 탓해도 할 수 없다!"

그날 밤 섬랑과 함께 촛불 아래서 추억을 이야기하며 술을 여러 잔 마시고는 잠자리에 들었다. 사랑하는 정이 더욱 두터웠다.

다음 날 아침, 해가 창에 비친 후 소유가 머리를 들었다. 섬랑은 먼저 일어나 거울 앞에서 화장을 하고 있었다. 그런데 자세히 보니 문득 그 모습이 섬월과 다른 것을 깨달았다. 맑은 눈에 그린 듯한 눈썹, 풍성한 귀밑머리와 꽃 같은 보조개, 가는 허리와 가볍고 고운 몸짓은 섬랑과 거의 비슷한 듯한데 섬랑은 아니었다. 깜짝 놀란 양소유는 무슨 일인지 도무지 알 수가 없었다.

---

* 옛날 초나라~갓끈을 끊었는데 초나라 장왕이 연회를 베풀던 중 바람이 불어 촛불이 모두 꺼졌는데 한 부하가 어둠을 틈타 장왕의 후궁 허희를 더듬었다. 허희는 자신을 희롱한 사람의 갓끈을 끊어 손에 들고 갓끈이 끊어진 자를 찾아 벌해 달라 했으나 왕은 모든 신하에게 갓끈을 끊으라고 명령한 뒤 불을 켜서 부하의 죄를 덮어 주었다.

학사는 궁궐에서
옥퉁소 불고

봉래전 궁녀는
아름다운 시를 청하다

양소유가 급히 물었다.

"그대는 누구인가?"

여인이 대답했다.

"저는 하북의 패주 사람으로 이름은 적경홍이라고 합니다. 원래 섬랑과 자매 같은 사이였는데 어젯밤 섬랑이 제게 이렇게 말했습니다. '몸이 안 좋아서 상공을 모실 수가 없어. 나를 대신해 상공을 모셔 주길 바라.' 그렇게 섬랑의 말에 속아 이 지경이 되었습니다."

그때 섬월이 밖에서 들어와 한림에게 말했다.

"새 신부 맞이하신 것을 하례드립니다. 예전에 제가 하북의 적경홍을 추천드렸지요. 기억하십니까?"

양소유가 말했다.

"직접 보니 듣던 것보다 더 뛰어나군."

그러다 문득 경홍의 얼굴이 적생과 닮았음을 깨닫고 말했다.

"적생이 홍랑의 오라버니였군! 어제 내가 적생에게 잘못한 일이 있는데 혹시 적생이 어디 있는지 아는가?"

경홍이 살며시 웃으며 말했다.

"저는 본래 형제가 없습니다."

한림이 다시 홍랑을 보고는 상황을 깨닫고 껄껄 웃으며 말했다.

"전에 한단 길에서 나를 따라온 자도 홍랑이고, 어제 담장에서 섬랑과 같이 웃고 이야기하던 자도 홍랑이었군! 남장을 하고 나를 속인 이유는 무엇인가?"

홍랑이 말했다.

"제가 어찌 감히 상공을 속이겠습니까? 저는 누추한 신분이지만 항상 군자를 섬기고 싶었습니다. 그런데 연나라 왕이 제 이름을 알고는 비단으로 저를 사서 궁으로 데려갔지요. 비록 진귀한 음식과 비단옷으로 화려한 생활을 했지만 새장 안의 새처럼 외롭고 답답하기만 했습니다. 그러다 얼마 전 상공께서 연왕을 찾아와 잔치가 있을 때 우연히 주렴 안에서 상공을 엿보고 평생 따르고 싶은 분임을 깨달았어요.

상공이 궁을 떠나실 때 저도 곧장 따라나서고 싶었지만 연왕이 알고 추격해 올까 두려웠습니다. 그래서 열흘의 시간을 기다려 천리마를 훔쳐 타고 이틀 만에 한단에 도착했지요. 상공께 바로 사실을 말씀드리고자 했으나 길에서 긴 사연을 말하기 어려워 못하다가 이 지경이 되었으니, 한바탕 웃으실 일을 만들어드린 거라 생각해 주십시오. 이제 제 소원을 이루었으니 섬랑과 같이 있다가 상공께서 부인을 맞이하시면 서울에 가서 하례를 드리겠습니다."

양소유가 말했다.

"홍랑의 높은 뜻은 쉽게 따라 할 수 있는 것이 아니구려. 내가 그만한 그릇이 되는지 부끄럽소."

이날 두 미인과 함께 밤을 지내고 작별하며 양소유가 말했다.

"가는 길이 멀고 불편해 같은 수레로 가기 어려우니 부인을 맞은 뒤 두 사람을 부르러 오겠네."

서울로 돌아와 조정에 보고하니 연나라에서 보낸 답서와 공물로 바치는 금, 은, 비단이 함께 도착했다. 황제가 양소유의 공을 높이 치하하며 제후에 봉하려 했으나 양소유가 사양해 예부상서 벼슬을 내리고 한림학사와 함께 맡게 한 뒤 더 후하게 상을 내렸다.

황제는 양소유의 학문을 좋아해서 때로 그를 불러 경서와 역사에 대해 토론하기를 즐거워했다. 이 때문에 양소유가 한림원을 지키며 자는 날이 많았는데 어느 날 밤 한림원에 돌아오니 밝은 달이 동산에 떠오르고 물시계 소리가 은은하게 들렸다. 양 상서가 높은 누각에 올라 달빛을 바라보는데 어디선가 퉁소 소리가 들려왔다. 귀 기울여 들으려 해도 희미해서 무슨 곡인지 알기 어려웠다.

양소유가 한림원의 관리를 불러 술을 따르게 하고 벽옥 퉁소를 꺼내 두어 곡조를 부니 맑은 소리가 하늘에 올라가며 마치 봉황새가 우는 듯한 소리가 났다. 문득 푸른 학 한 쌍이 날아들어 대궐 위를 빙빙 돌며 춤을 추니 관리들이 서로 말했다.

"퉁소 부는 신선이 하늘에서 내려왔구나!"

사실 양소유가 들은 퉁소는 보통 사람이 연주한 것이 아니었다.

황제의 모친 태후는 이남 일녀를 두었는데 그 삼 남매가 황제와 월왕과 난양공주蘭陽公主다. 공주를 낳을 때 태후는 꿈에서 신선의 꽃과 붉은 진주를 보았다. 공주는 성장하면서 용모와 기질이 완연히 선녀와 같아 세속적인 모습이 한 점도 없고, 문장이나 재능이 보통 사람보다 훨씬 뛰어났다.

또 어느 날에는 모양이 특이해서 아무도 연주하지 못했던 대진국*의 옥퉁소를 연주한 적이 있다. 꿈에서 선녀에게 배운 곡조를 불었는데 세상에서 아무도 들어 본 적 없는 곡이었다. 공주가 퉁소를 불면 어디선가 학이 내려와 무리 지어 춤추곤 하니, 태후와 황제가 기이하게 여기며 딸에게 걸맞은 짝이 나타나길 기다렸다. 그러나 공주가 장성하도록 아직 정혼할 만한 곳이 없었다.

이날도 공주가 우연히 달빛 아래서 퉁소를 불며 푸른 학 한 쌍을 길들이고 있었는데 곡조가 그치자마자 그 학이 양소유가 퉁소를 불고 있는 한림원으로 날아갔다. 궁 안의 사람들은 '양 상서가

* 대진국 중국에서 로마 제국을 이르던 말

통소를 불어 선학을 내려오게 했다'고들 말했다.

황제가 이 말을 듣고 난양공주의 인연이 여기에 있음을 알았다. 그래서 모친을 뵙고 아뢰었다.

"양소유의 나이가 누이와 비슷하고 문장과 풍류는 조정에서 제일입니다. 천하를 둘러보아도 이만한 인재를 구하기는 어려울 듯합니다."

태후가 크게 기뻐하며 말했다.

"소화蕭和의 혼처를 정하지 못해 밤낮으로 근심했는데 이제 보니 하늘이 정한 배필이 있었구나!"

소화는 난양공주의 이름으로 백옥 통소 위에 '소화'라는 두 글자가 새겨져 있기에 지은 것이었다. 태후가 말했다.

"양 상서는 틀림없이 풍류 있는 선비일 테지만 내가 한번 직접 만나 보고 싶구나."

황제가 말했다.

"어렵지 않습니다. 곧 양 상서를 별전으로 불러 조용히 문장을 토론할 테니 어머니께서 휘장 뒤에 앉아 보시지요."

황제가 봉래전에 나와 양소유를 불러오게 했는데 한림원에서는 방금 나갔다 하고 정 사도 집으로 가서 찾아도 아직 오지 않았다. 양소유는 정십삼과 장안의 주루에서 술을 마시며 이름난 기녀들에게 노래를 시키고 있었다. 그런데 갑자기 궁에서 나온 환관이 달려 들어와 황제의 부름을 전하자 정십삼은 놀라 달아나고 양소유는 취한 눈을 몽롱하게 뜨고 천천히 일어나 관복을 입은 뒤 침착하게 황제 앞으로 나아갔다. 황제가 그를 자리에 앉히고 역대 제왕들의 잘잘못과 나라의 흥망을 논하자 양소유가 일일이 의견을 내며 명석하게 말을 이어 갔다. 황제가 기뻐하며 말했다.

"시 짓기가 비록 제왕의 일이 아니라고 하나 우리 역대 제왕께서는 모두 시를 좋아하셨다. 경이 과인을 위해 시인들의 우열을 말해 보라. 제왕의 시는 누가 제일이고, 신하의 시는 누가 또 제일인가?"

양소유가 아뢰었다.

"임금과 신하가 서로 시를 지어 화답해 부른 일은 순임금과 고요라는 신하 때부터 시작되었습니다. 한나라 고조의 〈대풍가大風歌〉, 한나라 무제의 〈추풍사秋風辭〉, 위나라 무제의 〈월명성희月明星稀〉가 제왕의 시 중 가장 뛰어나지요. 위나라 조자건, 진나라 육기, 남조의 도연명과 사령운 등은 시로 유명합니다. 하지만 그 문장의 성대함이 지금 우리 당나라 조정보다 못합니다. 황제의 문장은 당나라 현종이 최고이며 신하의 시는 이백이 으뜸입니다."

황제가 말했다.

"경의 생각이 짐의 뜻과 같다. 이태백의 시를 볼 때마다 같은 시대에 살지 못한 것을 한스러워했는데 짐이 이제 경과 같은 신하를 얻었으니 무엇이 부럽겠는가?"

이때 궁녀 십여 명이 좌우로 나뉘어 황제를 모시고 서 있었는데, 황제가 이들을 가리키며 말했다.

"이들은 그냥 궁녀가 아니라 문장과 시를 담당하는 여중서女中書일세. 시문을 익힌 자들이라 경의 시를 얻어 보배로 삼고 싶어 한다는군. 경이 한 구절씩 시를 지어 저들의 사모하는 뜻에 응답해 주어라. 짐 또한 경이 붓을 든 모습을 보고 싶다."

어전의 유리 벼루와 백옥 필통, 옥으로 된 두꺼비 모양 연적을 양소유 앞에 놓게 하니, 모든 궁녀가 각자 자기의 종이와 비단 수건, 비단부채를 양소유에게 가져왔다. 양소유가 취흥을 따라 붓을 움직이니 비바람이 몰아치는 듯, 구름과 안개가 일어나는 듯했다. 절구와 율시를 쓰기도 하고 한 편이나 두 편을 몰아 쓰기도 했다. 붓의 기운이 날아갈 듯 생동하고 용과 봉황이 오가며 나는 듯하더니 금세 시를 다 써 주었다. 황제가 이를 보고 칭찬을 연발하며 궁녀들에게 말했다.

"양 학사가 수고했으니 너희는 술을 한 잔씩 올리거라."

궁녀들이 명을 받아 황금잔, 백옥잔, 유리잔, 앵무새 부리 모양 잔에 술을 따라 올렸다. 양소유가 이를 다 받아 한 잔씩 계속 마시니 이윽고 얼굴에 봄빛이 돌면서 몸을 휘청거렸다. 황제가 술을 그치게 한 뒤 궁녀들에게 말했다.

"양 학사의 시는 한 글자에 천 금이니 세상에 없는 보배다. 너희는 무엇으로 보답할 테냐?"

그러자 궁녀들은 금비녀를 뽑고 옥패, 반지, 귀고리, 향주머니

등을 어지러이 던졌다. 황제가 환관에게 명해 이 물건들과 어전의 붓, 벼루까지 거두어 양소유와 함께 돌려보내도록 했다. 양소유는 대취한 채 말에 올라 집으로 갔다.

정 사도의 화원에 돌아오니 춘운이 겉옷을 벗겨 주며 말했다.

"상공은 어디에서 이리 취하셨습니까?"

양소유가 대답하기도 전에 시종이 황제가 상으로 내린 어전의 붓과 벼루, 비녀와 팔찌들을 방 안으로 갖고 왔다. 소유가 춘운에게 말했다.

"이건 모두 천자께서 춘운에게 내리신 것이다. 내 벌이가 이만하면 괜찮은가?"

하고는 취해서 코를 크게 골며 잠들고 말았다.

다음 날 양소유가 느지막이 일어나 세수를 하는데 문지기가 황급히 달려 들어왔다.

"월왕 전하께서 오셨습니다."

양소유가 놀라 황제의 동생이 찾아온 까닭을 생각하며 달려가 맞이했다. 월왕은 얼굴이 천상에 사는 사람처럼 맑고 깨끗했다. 소유가 물었다.

"월왕께서 누추한 곳에 오셨으니 무슨 일이십니까?"

월왕이 말했다.

"항상 양 상서를 흠모했으나 조정에서는 만날 기회가 없었지요. 이제야 황상의 명을 받아 오게 되었습니다. 황상과 나에게는 장성한 누이가 있는데 아직 혼처를 정하지 못했습니다. 황상께서 양 상서의 재능과 덕을 보시고 누이와 짝을 지어 주고자 하십니다. 이를 알리러 내가 먼저 왔고 곧 조정에서 명을 내리실 것이오."

양소유가 이 말을 듣고 깜짝 놀라 대답했다.

"황상의 은혜가 이처럼 크시니 천한 선비의 복이 달아날까 두렵습니다. 그런데 불행히도 저는 이미 정 사도의 딸에게 혼인 예물을 보냈으니 이 말씀을 황상께 아뢰어 주시기 바랍니다."

월왕이 말했다.

"삼가 황상께 아뢰겠습니다만, 인재를 사랑하는 황상의 마음을 저버리시니 참으로 안타깝습니다."

양소유가 말했다.

"혼인은 인륜에 관계된 일이라 어쩔 수가 없습니다. 제가 곧바로 궁에 나아가 죄를 청해 받겠습니다."

양소유가 정 사도에게 이 일을 말하러 가니 이미 춘운이 들어가 사정을 전해 놓은 상태였다. 온 집안이 허둥거리고 놀라 어찌할 바를 모르고 있었다. 양소유가 말했다.

"장인께서는 염려 마십시오. 제가 비록 부족하지만 장인께 죄인이 되지는 않겠습니다. 황제께서 총명하시고 예와 법도를 숭상하시는 분이니 인륜을 어지럽히지는 않으실 겁니다."

궁에서는 태후가 양소유를 본 후 매우 기쁘고 흡족해 황제에게 말했다.

"참으로 난양의 배필감이로다. 다시 의심할 일이 없겠구나."

그러고는 먼저 월왕을 보내 양소유에게 혼사 이야기를 전하게 한 것이었다.

황제는 문득 양소유의 글재주와 필법을 떠올리다 그의 시를 다시 보고 싶어졌다. 태감*을 시켜 여중서들에게 주었던 시를 가져오게 했다. 궁녀들은 양소유의 시를 보물처럼 여기며 겹겹이 싸서 상자에 간직해 두고 있었다.

그런데 그중 한 궁녀는 유독 양소유의 시가 쓰인 비단부채를 갖고 방으로 돌아가 가슴에 품고 종일토록 잠도 못 자고 음식도 못 먹으며 울고 있었다. 이는 바로 화주 진 어사의 딸 진채봉이었다. 진 어사가 역적으로 몰려 죽고 궁중에 끌려가 여종이 되었는데, 사람들이 그 미모를 보고 수군거려 소문이 나자 황제가 불러 보고는 후궁으로 삼으려 했다. 그러나 황후가 진채봉의 대단한 미모를 보고 근심하며 황제에게 말했다.

"진 씨의 재주와 용모가 매우 뛰어나니 폐하를 모시는 것이 당연합니다. 그러나 폐하께서 그 아비에게 벌을 내려 죽이셨는데 그 딸을 가까이하시는 것은 법도에 맞지 않습니다."

* 태감 환관의 우두머리

황제가 그 말을 맞다 여기고 진채봉에게 물었다.

"글을 배웠느냐?"

진채봉이 약간 배웠다고 답하자 황제는 여중서 벼슬을 내리고 태후와 난양공주를 모시며 함께 글을 읽고 서예를 익히도록 했다. 난양공주는 진채봉을 무척 아끼고 사랑해 친형제처럼 대하면서 잠시도 곁을 떠나지 못하게 했다.

그날 진채봉은 태후를 모시고 봉래전에 가서 다른 여중서와 함께 천자의 좌우에 있다가 양소유를 만났다. 양소유는 진채봉이 죽은 줄 알았으니 황궁에 와 있으리라는 생각은 전혀 할 수 없었다. 또한 황제의 눈앞이니 궁녀들을 바로 쳐다보지 못했고 볼 수도 없었다. 그러나 진채봉은 양소유의 이름과 얼굴을 뼛속까지 새기고 있었으니, 몰라볼 수가 없었다. 진채봉은 두 사람의 길이 계속 어긋나고 예전의 인연을 이을 수 없음에 슬퍼하며 부채에 양소유가 써 준 시를 읽고 또 읽었다.

비단부채 밝은 달처럼 둥글고

님의 흰 손처럼 깨끗하구나

오현금에 따뜻한 바람 불어와

내 님 품속에 아무 때나 드나드네

보름달처럼 둥근 비단부채여

님의 예쁜 손 따라 움직이네

님의 얼굴은 가리지 마오

인간 세계의 봄은 거기 있으니

진채봉이 첫 번째 시를 읽으며 혼자 중얼거렸다.

"양랑이 나를 못 알아보는구나. 내 어찌 천자께 승은 입을 마음을 먹겠는가."

두 번째 시를 읽으며 또 중얼거렸다.

"글의 뜻이 이렇게 다르니 가까이 있어도 멀리 딴 세상에 떨어져 있는 것 같구나."

예전에 양소유와 〈양류사〉로 화답하던 일을 생각하던 진채봉은 그립고 서러운 마음을 이기지 못해 부채에 시를 지어 써넣었다. 그때 태감이 들어오더니 황제의 명으로 양소유가 시를 써 준 부채를 가지러 왔다고 전했다. 진채봉은 소스라치게 놀라며 생각했다.

'이제는 죽은 몸이구나.'

춘운은 뜻을 지켜
주인을 떠나고

여협이 비수를 품고 와
신방을 차리다

태감이 진채봉에게 말했다.

"황상께서 양 상서의 시를 다시 보고 싶어 하셔서 가지러 온 것 뿐이다. 왜 그리 놀라느냐?"

진채봉이 울며 답했다.

"제가 죽을 날이 왔나 봅니다. 양 상서가 써 주신 시 아래 잡말을 적어 놓았으니 죽을죄를 지었습니다. 황상께서 보시면 죽임을 면치 못할 것이니 차라리 스스로 죽음을 택하겠습니다. 제가 죽으면 시신을 수습해 묻어 주시기를 부탁드립니다."

태감이 말했다.

"왜 그렇게 말하는가? 황상께서 인자하시니 죄를 주지는 않으실 듯하네. 설령 진노하신다 해도 내가 사정을 아뢰어드릴 테니 따라오게."

진채봉이 울면서 태감을 따라갔다. 태감은 진채봉을 기다리게 하고 모아 온 시를 황제에게 올렸다. 황제가 차례대로 읽어 보다 진채봉의 부채를 펼쳤는데 양소유의 시 밑에 또 다른 시가 적혀 있는 것을 보고는 까닭을 물었다.

태감이 아뢰었다.

"진 씨가 '황상께서 찾으실 줄 모르고 그 밑에 잡말을 썼다'며 송구해서 자결하려는 것을 제가 말리고 데려왔습니다."

황제가 읽은 시는 이러했다.

비단부채가 가을 달처럼 둥그니

누각 위 부끄러움에 얼굴 숨긴 일 생각나네

눈앞에 와서도 못 알아볼 줄 알았다면

그때 내 얼굴 더 잘 보여드릴걸

황제가 말했다.

"진 씨에게 분명 무슨 사연이 있다. 어디에서 누구를 보았다는 말인지는 모르겠구나. 그러나 진 씨의 시 짓는 재능은 놀랍고 볼 만하다!"

진채봉을 불러오니 섬돌 아래서 머리를 숙이고 죽기를 청했다. 황제가 말했다.

"바른대로 말하면 죄를 용서할 것이다. 누구와 정을 나눈 것이냐?"

진채봉이 답했다.

"제가 어찌 감히 사실을 숨기겠습니까? 저희 집이 망하기 전, 양 상서가 과거를 보러 가는 길에 저희 집 누각 앞을 지나다 스치듯 만난 적이 있습니다. 당시 〈양류사〉를 지어 서로 뜻을 통하고 혼약을 맺었습니다. 그런데 황상께서 양 상서를 궁으로 부르셨을 때 저는 상서를 알아보았으나 상서는 저를 알아보지 못했습니다. 이 때문에 옛일을 생각하고 제 신세를 서글퍼하며 미친 시를 썼는데 황상께서 보시게 되었으니 제 죄는 만 번 죽어도 마땅합니다."

황제가 이 말을 듣고 가여운 마음이 들어 말했다.

"〈양류사〉를 지으며 혼인을 약속했다고. 그 시를 기억할 수 있느냐?"

진채봉이 종이와 붓을 청해 〈양류사〉를 써서 올렸다. 황제가 보고 놀라 생각했다.

'죄는 무거우나 그 재주가 가히 아깝구나!'

황제가 말했다.

"네 죄는 무겁지만 내 누이가 너를 매우 사랑하기에 특별히 용서하노라. 너는 나라의 은혜를 생각해서 정성을 다해 공주를 모시거라."

황제가 부채를 돌려주니 진채봉이 머리를 숙이고 은혜에 감사하며 물러갔다.

월왕이 양소유를 만나고 돌아와 소식을 알렸다. 황제가 모친을 모시고 앉아 있었는데 태후가 이 소식을 듣고 몹시 불쾌해하며 말했다.

"양소유는 벼슬이 상서까지 오른 자이니 조정 돌아가는 일을 알 만한데 어찌 그리 앞뒤가 막힌 소리를 하는가?"

황제가 말했다.

"양 상서가 비록 혼인 예물을 보냈으나 실제로 혼인한 것은 아니니 직접 만나서 타이르면 아마 말을 따르겠지요."

이튿날 황제가 양 상서를 불러 말했다.

"내 누이의 재주와 기질이 남달라 경의 배필로 적당하기에 월왕을 통해 그대에게 혼담을 전했다. 그런데 이미 혼인 예물을 보낸 곳이 있어 사양했다 하더군. 이는 경이 잘못 생각한 것이다. 예전에는 황제가 왕의 사위를 뽑기 위해 혼인한 사람일지라도 아내를 버리게 했지. 어떤 이는 명에 따른 후 죽을 때까지 뉘우쳤고, 어떤 이는 명을 따르지 않았다. 그러나 짐이 천하 백성의 아버지로서 어찌 그런 일을 시키겠는가? 자네는 아직 정 씨 집과 혼인하지 않았으니 정 사도의 딸은 다른 혼처를 구할 수 있다. 경은 아내를 쫓아보낸 것이 아니고 내 명도 인륜에 어긋나는 일이 아니다. 무슨 문제가 있는가?"

양소유가 머리를 조아리고 말했다.

"황상께서 저를 벌하지 않으시고 이렇게 타이르시니 성은이 망극하옵니다. 그러나 제가 정 씨 가문과 맺고 있는 의리는 좀 다릅니다. 젊은 서생으로 서울에 와서부터 정 씨 가문에 의지하며 지냈기 때문입니다. 혼인 예물을 바친 후 정 사도와 장인과 사위로 만난 시간도 오래되었고 정 씨 댁 소저의 얼굴을 직접 보기까지 했습니다. 혼례만 치르지 않은 것인데 그 이유도 어머니를 모셔 올기회가 없어서입니다. 제가 만약 황명을 따른다면 정경패는 결코 다른 이와 혼인하지 않고 평생 혼자 지낼 것입니다. 한 여인의 혼처를 잃게 한다면 어찌 황제의 덕에 흠이 되지 않겠습니까?"

황제가 말했다.

"경의 인정과 도리는 잘 알겠으나, 사실 경은 정 씨 딸과 부부의 의를 맺지 않았다. 어찌 정 씨 딸이 다른 집에 시집가지 못한다고 하는가? 지금 경과 혼인을 맺으려는 것은 경을 아껴 형제가 되고 싶어서일 뿐 아니라 태후께서 경과의 혼인을 주장하시기 때문이다. 그런데 이렇게 정 씨 딸과의 혼인을 우긴다면 태후께서 크게 진노하실 테니 짐 또한 마음대로 할 수가 없다."

양소유가 계속 머리를 조아리고 있는 힘을 다해 사양했다. 황제가 말했다.

"혼인은 큰일이라 말 한 마디로 결정할 수 없다. 시간을 두고 생각해 보라. 오늘은 우선 경과 바둑을 두고 싶구나."

환관에게 바둑판을 가져오라 해서 임금과 신하가 마주 앉아 반나절을 느긋이 보냈다.

양소유가 돌아와 정 사도를 만나니 그 얼굴에 슬픈 빛이 가득했다.

"태후께서 조서를 내려 양랑이 보낸 혼인 예물을 돌려보내라고 하시더군. 춘운에게 예물을 주고 화원에 갖다 두라고 했네. 파혼해야 하는 딸의 신세를 생각하면 마음이 참혹하군. 아내는 놀라서 갑자기 병이 났는지 사람을 알아보지도 못하고 누워만 있어."

양소유가 이 말에 멍하니 서 있다가 말했다.

"어찌 이런 일이 있단 말입니까? 제가 조정에서 의논해 처리하겠습니다."

정 사도가 말리며 말했다.

"양랑은 벌써 두 번이나 황명을 어겼네. 그런데 또 거역하면 중죄인이 되어 큰 벌을 받게 될걸세. 또 한 가지 미안한 일이 있네. 내 집 화원에 거처하는 것이 남들 보기에 좋지 않을 테니 섭섭하지만 다른 곳으로 옮기는 게 좋겠어."

양소유가 대답하지 않고 화원으로 갔다. 춘운이 정 사도 댁에서 돌려보낸 혼인 예물을 양소유에게 전하고 말했다.

"천첩은 정 소저의 분부로 상공을 모시며 소저의 혼인을 기다려 왔습니다. 그러나 이제 그 일이 어긋났으니 저도 하직 인사를 드려야겠습니다. 돌아가 소저를 모시겠습니다."

양소유가 말했다.

"내가 끝까지 사양하면 황상께서도 들어주실 것이네. 설령 들어주지 않으셔도 춘랑까지 나를 떠나야 하는가?"

춘운이 말했다.

"여자가 남편을 따르는 것이 맞으나 제 상황은 다릅니다. 저는 처음부터 정 소저를 모시며 소저와 생사를 함께하기로 맹세했습니다. 제가 소저를 따르는 것은 몸과 그림자 같습니다. 몸이 갔는데 그림자가 남을 수 있겠습니까?"

양소유가 말했다.

"그 마음은 훌륭하지만 춘랑의 입장은 소저와 다르네. 정 소저는 다른 출중한 선비에게 시집갈 수 있지만 춘랑이 소저를 따라 다른 이를 섬긴다면 절개를 해치는 일이 될 거야."

춘운이 말했다.

"상공께서는 우리 소저의 마음을 전혀 모르시는군요. 소저는 이미 마음을 정하셨어요. 부모님을 모시고 살다가 두 분이 돌아가시면 절에 들어가 스님이 되겠다고 하십니다. 내세에 다시는 여자로 태어나지 않도록 부처님께 빌고 싶다 하시는데 저의 마음도 그와 똑같습니다.

상공이 저를 만나고 싶으시다면 소저와의 혼약이 원래대로 된 다음에 다시 의논해 보겠습니다. 그게 아니면 저도 오늘부터 죽는 날까지 영원히 이별입니다. 천한 제가 상공의 사랑을 받은 지 일 년이 되었으니 은혜에 감사드립니다. 다음 생에는 상공의 종이 되어 더 가까이 모시고 싶습니다. 부디 안녕히 계십시오."

춘운이 목이 메어 오랫동안 울다 떠났다.

양소유는 비참한 마음에 먹지도 자지도 않고 다음 날 강하게 항의하는 상소를 올렸다. 태후가 크게 노해 양소유를 감옥에 가두자 신하들이 황제에게 풀어 달라고 청을 올렸다. 황제가 말했다.

"나도 벌이 너무 무겁다고 생각한다. 그러나 태후께서 진노하시니 풀어 줄 수가 없다."

태후는 양소유를 곤란하게 하려고 몇 달 동안 가두어 두었다. 정 사도 가문 역시 큰 죄를 지은 입장이 되어 대문을 굳게 닫고 아무도 만나지 않았다.

그런데 갑자기 토번의 사십만 병사가 쳐들어와 변방의 여러 고을을 함락시키더니 곧 서울 근처까지 공격해 왔다. 신하들이 황제에게 아뢰었다.

"서울의 군사는 수만 명뿐이고 지방의 군사는 너무 멀리 있어 도움을 받을 수 없습니다. 잠시 궁을 버리고 피신하셨다가 여러 지방의 군대를 모아 공격해야 합니다."

황제가 결정을 못하고 망설이다가 말했다.

"양소유가 계책을 잘 내고 결단을 잘해서 지난번 연나라, 위나라, 조나라의 반란을 다스렸다. 이번에도 이 사람에게 물어야겠다."

황제는 직접 태후께 허락을 받은 뒤 양소유를 풀어 주라는 특별 명령을 내려 그를 데려오게 했다. 토번의 대군을 물리칠 계략을 물으니 양소유가 답했다.

"서울은 종묘와 궁궐이 있어 이곳을 버리고 가시면 백성의 마음이 동요하니 좋지 않습니다. 제가 비록 힘이 부족하나 말 한 필로 백만 군사를 막아 냈던 곽자의郭子儀 장군처럼 죽음을 각오하고 싸워 보겠습니다."

황제가 양소유를 믿고 즉시 장군으로 임명했다. 삼만의 군사를 주어 적을 막게 하니, 양소유가 군대를 지휘해서 오랑캐와 싸우다가 직접 그 우두머리를 활로 쏘아 죽였다. 일시에 퇴각하는 적군을 추격해 삼만을 없애고 말 팔천 필을 빼앗은 후 조정에 알렸다.

황제가 크게 기뻐하며 양 상서를 조정으로 불러 상을 내리려 하니 양소유가 군중軍中에서 글을 올렸다.

"적이 비록 패했지만 여전히 대군이 서울을 노리고 있습니다. 군대를 많이 이끌고 적국 깊이 들어가 그 왕을 잡고 완전히 멸망시켜 걱정을 덜어드리고자 합니다."

황제가 상소를 보고 기뻐서 양소유의 벼슬을 높였다. 보검, 붉은 활, 무소뿔로 장식한 황제의 허리띠를 내리고 깃발과 황금 도끼를 주고는 말과 병사를 더 모아 쓰라고 명했다. 양소유가 십만 대군을 이끌고 적국으로 출발하니 병법과 진법이 굳건하고 군대의 기세가 용맹해 적군이 힘을 쓰지 못하고 무너졌다. 두어 달 사이에 오랑캐에게 빼앗겼던 고을 오십여 성을 회복하고 계속 앞으로 나아갔다.

양소유의 군대가 적석산에 이르렀을 때였다. 홀연 한바탕 회오리바람이 일어나고 까치가 울면서 군영을 뚫고 날아갔다. 양소유가 말 위에서 점을 쳐 보고는 말했다.

"곧 적국에서 누군가 우리를 기습하지만 나중에 좋은 일로 바뀔 것 같구나."

군대를 산에 머물게 하고 사방으로 살피면서 삼엄하게 지키도록 했다.

이날 밤, 양소유가 천막 안에 앉아 촛불을 켜고 병서를 보고 있는데 갑자기 바람에 촛불이 꺼지고 서늘한 기운이 들었다. 문득 보니 한 여자가 서리 같은 비수를 들고 공중에서 내려서고 있었다. 양소유는 자객인 줄 알았지만 조금도 놀라지 않고 물었다.

"그대는 누구인가? 어찌 한밤중에 내 천막 안으로 들어왔는가?"

여자가 말했다.

"토번 왕의 명령으로 상서의 목숨을 빼앗으러 왔소!"

양소유가 말했다.

"대장부가 죽음을 두려워하겠느냐? 와서 나를 죽이고 가라."

그러자 여자가 칼을 던지더니 양소유 앞으로 와서 머리를 숙이고 말했다.

"놀라지 마십시오. 제가 어찌 귀한 분을 해치겠습니까?"

양소유가 그를 천천히 일으키고 말했다.

"칼을 들고 군영까지 와서 나를 죽이지 않는 이유는 무엇인가?"

여자가 말했다.

"다 말씀드리고자 하나 사연이 깁니다."

양소유가 자리를 주어 앉히고 말했다.

"낭자는 어떤 사람인가? 무슨 가르침을 주려고 나를 찾아왔는가?"

양소유가 백룡담에서
군대를 무찌르고

동정호 용왕은 사위에게
잔치를 열어 주다

양소유가 여자를 보니 풍성한 머리를 높이 올려 금비녀를 꽂았고 소매가 좁은 옷에는 패랭이꽃이 수놓여 있었다. 맵시 있는 봉황 무늬 가죽신을 신고 허리에는 긴 칼집을 찼는데 꾸미지 않았는데도 한 가지 해당화 같은 절세미인이었다. 아버지를 대신해 남장을 하고 전장에 나간 목란木蘭이나 삼엄한 경비를 뚫고 적장 머리맡의 금합을 가져온 홍선紅線인 듯했다.

"저는 본래 양주 사람으로, 오랑캐인이 아니라 당나라 백성입니다. 어려서 부모를 잃고 한 여도사의 제자가 되었지요. 스승께 도술을 배웠는데 수제자가 된 사람은 세 명이었고 그중 하나가 바로 저, 심요연沈裊烟입니다. 삼 년 만에 모든 것을 배워 바람을 타고 번개를 따라 순식간에 천 리를 갈 수 있게 되었지요. 수제자 세 명의 검술은 모두 비슷하게 뛰어났는데 스승은 원수를 갚을 때나 악인을 벌할 때 나머지 제자들만 보내시고 저를 보내시진 않았습니다. 제가 이유를 여쭈어보니 이렇게 말씀하셨습니다.

'너는 본래 우리 무리가 아니다. 나중에 바른길로 가야 하니, 사람의 목숨을 해치는 우리 일을 시켜서는 안 되지. 당나라에 너의 전생 인연이 있는데 이곳과 먼 땅이다. 네게 검술이 있으면 그분을 만날 방법이 생길 것이라 검을 가르쳤다. 훗날 백만 군대의 창검 가운데서 인연을 만날 수 있을 게야.'

그리고 지난달 스승께서 이렇게 말씀하셨습니다.

'토번 왕이 자객을 모집해 당나라 장군을 해치려 하는구나. 너는 지금 토번으로 가서 자객들과 검술을 겨루거라. 장군의 재앙을 없애고 너의 인연을 이루거라.'

저는 대회가 열리는 곳으로 가서 자객들과 검술을 겨루었습니다. 십여 명의 상투를 베어 올렸더니 토번 왕이 매우 기뻐하며 상서를 해치라 하고는 돌아오면 왕비로 삼겠다고 하더군요. 이것이 저의 이야기입니다. 스승님 말씀대로 상서를 뵙게 되었으니 천한 여종이 되어서라도 곁에서 모시고 싶습니다."

양소유가 기뻐하며 말했다.

"그대가 내 목숨을 구했는데 또 나를 따르고자 하니 이 은혜를 어찌 갚겠소? 백년해로하길 바랄 뿐이오."

두 사람은 천막 안에서 잠자리를 함께했다. 창검의 빛으로 화촉을 대신하고 군대의 징 소리로 음악을 삼으니, 그 정이 유달리 특별했다.

양소유는 새로운 즐거움이 깊어 사흘 동안 장수들을 만나지 않았는데, 문득 요연이 말했다.

"군중은 여자가 오래 머물 곳이 아닙니다. 제가 물러가야 할 때가 되었어요."

양소유가 말했다.

"그대는 보통의 여인이 아니지 않소. 좋은 계책을 가르치며 곁에 있어 주시오."

심요연이 말했다.

"상공의 총명과 위엄으로 도적을 물리치는 것은 썩은 나무를 부러뜨리는 일만큼 쉽습니다. 제가 스승의 명으로 여기 왔으나 아직 하직 인사를 드리지 못했으니, 돌아가 스승께 마지막 인사를 올리고 상공을 따라가겠습니다."

양소유가 말했다.

"혹시 그대가 떠난 뒤 다른 자객을 보내면 어떻게 막아야 좋겠소?"

심요연이 말했다.

"자객이 많다 해도 제 적수는 없습니다. 제가 상공 편에 선 줄 알면 감히 다른 자객들이 오진 못할 것입니다."

그러고는 허리춤에서 묘한 구슬을 하나 꺼내 주며 말했다.

"이 물건은 토번 왕의 상투에 묶여 있던 구슬입니다. 왕에게 보내서 제가 다시 돌아가지 않을 것임을 알게 해 주십시오."

양소유가 또 가르쳐 줄 말이 있는지 묻자 요연이 답했다.

"앞으로 반사곡이란 계곡을 지나갈 텐데 길이 좁고 좋은 물이 없습니다. 행군을 조심하시고 우물을 파서 군사들에게 물을 먹이십시오."

요연은 말을 마치고 작별 인사를 하더니 공중으로 몸을 솟구쳐 사라졌다.

양소유는 장수들을 모아 심요연의 말을 전하고, 사신을 뽑아서 토번 왕에게 구슬을 보냈다. 다음 날부터 행군을 시작해 큰 산 아래 이르니 길이 매우 좁아 말 한 마리가 간신히 지나갈 정도였다. 이렇게 수백 리를 가서야 겨우 넓은 땅이 나왔다. 천막을 설치하고 군대를 쉬게 했는데 목이 말랐던 군사 몇 명이 산 밑에 있는 연못으로 달려가 물을 마셨다. 그러자 곧 온몸이 파랗게 변하면서 말을 못하고 벌벌 떨다 죽어 갔다.

양소유가 놀라 물가에 가 보니 연못 물이 깊고 푸른데 그 속을 헤아릴 수 없고 찬 기운이 감돌았다.

'이곳이 분명 요연이 말한 계곡인가 보다.'

군사들에게 물을 마시지 말라고 명령하고 우물을 파게 했다. 열 길이 넘는 깊이로 팠으나 한 곳도 물이 나오지 않았다. 양소유는 근심에 차 군대를 이끌고 앞으로 나아가려다 오랑캐 군대가 산의 앞뒤를 포위하고 있음을 깨달았다.

천막으로 돌아온 양소유는 적을 물리칠 계책을 궁리했으나 얼른 좋은 생각이 떠오르지 않았다. 잠시 지쳐 졸고 있는데 문득 기이한 향기가 천막에 가득 퍼지더니 어디선가 여자아이 두 명이 나타나 말했다.

"저희 낭자께서 귀인을 초청하십니다."

양소유가 말했다.

"낭자가 누구시길래 나를 청하는가?"

여자아이가 답했다.

"저희 낭자는 동정 용왕의 작은딸이십니다. 요사이 집을 떠나 이 땅에 와 살고 계십니다."

양소유가 말했다.

"용이 사는 곳이면 깊은 물속일 텐데 나는 인간의 몸이니 어찌 거기에 가겠는가?"

여자아이가 말했다.

"밖에 있는 말을 타시면 용궁으로 곧장 가실 수 있습니다."

양소유가 아이를 따라 나가 보니 밖에 황금 안장을 얹은 말 한 마리와 열 명이 넘는 종자들이 화려하게 차려입고 기다리고 있었다. 양소유가 말에 오르자 순식간에 연못 속으로 들어가더니 큰 문 앞에 도착했다.

궁궐이 웅장하고 화려한데 문을 지키는 군사가 물고기 머리에 새우 수염을 달고 있어 인간 세상이 아닌 것을 알 수 있었다. 여러 미인이 문을 열고 양소유를 안내해 궁전으로 들였다. 한가운데에 백옥으로 만든 의자가 남쪽을 향해 놓여 있었다. 시녀들이 양소유에게 의자에 앉도록 청하고는 비단 천을 계단에 드리우고 안으로 들어갔다.

곧이어 시녀 십여 명이 한 여인을 호위하고 왼쪽 복도를 통해 궁 가운데로 들어왔다. 여인은 선녀처럼 아름다웠는데 화려한 옷차림이 세상에서 볼 수 없는 것이었다. 시녀 중 한 명이 말했다.

"동정호 용왕의 딸께서 양 원수*께 인사드리고자 합니다."

양소유가 놀라 자리에서 일어나려 하자 두 시녀가 좌우에서 부축해 다시 의자에 앉혔다. 용왕의 딸이 네 번 절하고 일어나니 패옥 소리가 아름답게 울렸다. 양소유가 위로 올라오라고 청했으나 계속 사양하다가 올라와 작은 의자를 놓고 앉았다.

양소유가 말했다.

"저는 속세의 평범한 사람이고 낭자께서는 존귀한 신령이십니다. 어찌 저를 이렇게 예우하십니까?"

용왕의 딸이 말했다.

"저는 동정 용왕의 막내딸입니다. 제가 태어났을 때 부왕께서 천상의 조정에 가셨는데 한 진인이 이렇게 말씀하셨다고 합니다. '따님은 전생에 선계에 속한 인물이셨는데 이번 생에 용의 몸으

---

* 양 원수 군대를 이끄는 원수 벼슬을 받은 양소유

로 태어나셨군요. 곧 다시 인간 세상에서 귀한 분의 첩이 되어 부귀영화를 누리다가 나중에는 불교에 귀의하실 것입니다.'

우리 용신들은 바다 세상에서 제일 높은 존재지만 사람의 몸이 되는 것을 귀하게 여기며 신선과 부처를 지극히 공경합니다. 저의 큰언니는 경수 용왕 가문에 시집갔으나 후에 다시 인간 세상의 인연을 만났습니다. 이때 모든 친척이 언니를 다른 형제들보다 더 공경하게 되었어요. 제가 훗날 불교에 귀의해 깨달음을 얻으면 가문 안에서의 명예가 언니보다 높아지겠지요. 이 때문에 부왕께서 진인의 말을 전하자 궁중 사람 모두가 축하했습니다.

그런데 제가 장성하자 남해 용왕의 아들 오현이 제 용모가 아름답다는 소문을 듣고 구혼을 했습니다. 우리 동정호는 남해 용왕의 명령을 받기 때문에 그 요청을 거절하기가 매우 힘들었어요. 부왕께서는 고민하시다가 친히 남해까지 가서서 정중히 구혼을 거절했지만, 남해 용왕은 못된 아들을 지나치게 사랑해 부왕의 말이 허황하다며 혼인을 강하게 요구하기만 했습니다.

부모님 슬하에 있다간 집안 전체가 곤란해질까 두려워 혼자 지내기로 했습니다. 이것이 가시덤불을 헤치고 홀로 오랑캐 땅에 와 세월을 보내는 까닭입니다. 남해 용왕이 계속 혼인을 요구하고 있는데 부모님께서는 딸아이가 혼인을 원치 않아 달아났다고만 대답하셨지요. 그러자 미친 아이 오현이 직접 군대를 동원해 저를 납치하려고까지 했습니다. 저는 원통하고 괴로웠습니다. 그 고통 때

문인지 연못 물이 점차 변하더니 얼음 지옥처럼 되어버리고 다른 족속들은 연못 안으로 들어올 수 없게 되었어요. 남해 용왕의 아들을 피하고 싶은 저의 마음이 천지의 기운을 바꾼 덕분에, 이곳에서 상공을 기다릴 수 있었습니다.

제가 귀한 분을 누추한 곳까지 오시게 한 건 이런 말씀만 드리려던 게 아닙니다. 지금 상공의 군대가 물이 없어 우물을 파고 있으나 아무리 깊이 파도 물은 나오지 않을 거예요. 원래 이 연못의 이름은 '청수담'으로 맑은 물이었습니다. 제가 온 뒤로 물이 달라져서 사람들이 마시지 못하게 되었고 이름도 '백룡담'이 되었지요.

그러나 귀인인 상공께서 오셔서 제가 의지할 곳이 생겼으니 괴로움이 사라지고 봄볕이 비치는 듯합니다. 지금부터는 물맛이 예전처럼 맑고 시원해질 테니, 군대의 모든 병사가 마셔도 괜찮고 병든 사람도 고칠 수 있을 것입니다."

양소유가 말했다.

"낭자의 말을 들으니 하늘이 우리 둘의 인연을 미리 정해 둔 지 오래군요. 그러면 그 기약을 이제 맺어도 되겠습니까?"

용왕의 딸이 말했다.

"그러고 싶지만 즉시 같이할 수 없는 이유가 세 가지 있습니다. 첫째, 부모님께 알리지 않았기 때문입니다. 둘째, 사람의 몸으로 남편을 대해야 하는데 지금 비늘 돋은 몸으로는 할 수 없기 때문입니다. 셋째, 남해 용왕의 아들이 늘 저를 감시하고 있는데 이 일을 알면 또 미친 계략을 꾸며 낼까 걱정되기 때문입니다. 서방님께서는 군대로 돌아가셔서 어서 적을 물리치십시오. 저도 서방님 뒤를 곧 따라가겠습니다."

양소유가 말했다.

"낭자의 말이 아름다우나 제 생각은 다릅니다. 낭자가 집을 떠나 여기로 오신 건 원래 정해진 남편인 저를 따르게 하시려는 부왕의 뜻도 있습니다. 그러니 부모님께서는 이미 저와의 혼인을 알고 계신 것이지요. 또 낭자는 신령의 자손이고 사람과 신의 경지를 넘나드는 존재로 못하는 일이 없는데 어찌 비늘 돋은 몸이라는 말씀을 하십니까? 제가 비록 재주는 없으나 백만 군대를 거느리고 있으니 남해 아이는 모기처럼 여길 뿐입니다. 그가 괴롭힌다면 제 검이 가만히 있지 않을 것입니다. 달이 밝고 바람이 맑은데 이 좋은 밤을 헛되이 보내서야 되겠습니까?"

두 사람은 함께 잠자리에 들어 사랑하는 마음을 두텁게 했다.

밤이 아직 새지 않았을 때였다. 갑자기 천둥소리와 함께 수정궁이 흔들리는 듯했다. 시녀가 와서 급히 아뢰었다.

"큰일 났습니다. 남해 태자가 많은 병사를 데리고 와 앞산에 진을 치고 양 원수와 다투겠다고 하옵니다."

용왕의 딸이 양소유에게 말했다.

"서방님이 머무시지 못하게 했던 건 바로 이 때문입니다."

양소유가 매우 노해서 말했다.

"남해 태자는 어찌 이리 무례한가!"

벌떡 일어나 말을 타고 연못 밖으로 솟구쳐 나가 보니 남해 군대가 백룡담을 포위하고 있었다. 양소유는 군대를 지휘해 태자와 마주 보고 진을 쳤다. 태자가 말을 달려 앞으로 나오더니 양소유를 이렇게 꾸짖었다.

"남의 인연을 희롱해 혼사를 깨고 아내를 빼앗아 갔으니 너와 한 세상에서 살 수 없다!"

양소유가 껄껄 웃으며 말했다.

"동정 용왕의 딸이 나를 따른 것은 하늘의 뜻에 원래부터 정해져 있었던 일이다. 나는 천명에 따랐을 뿐이다!"

태자가 매우 노해서 모든 군대를 몰아 양소유를 잡으라 하니 용왕군의 장수들이 사납게 달려들었다. 그 순간 양소유가 백옥 채찍을 한 번 들어 올려 군사들로 하여금 쇠 화살 일만 대를 일시에 쏘게 하니 군사들의 비늘이 모두 눈처럼 깨져 하늘과 땅에 가득히 날렸다. 태자 또한 몸에 상처를 입어 변신하지 못하고 양소유의 병사들에게 사로잡혔다. 양소유가 징을 울려 군사들을 거두고 태자를 묶어 진영으로 돌아오자 문지기가 아뢰었다.

"백룡담 낭자께서 직접 군대 앞에 와서 하례드리고 장수와 병사에게 음식을 대접하겠다고 하십니다."

양소유는 매우 기뻐하며 용왕의 딸을 청해 들어오게 했다. 용녀龍女가 승전을 축하하며 대군에게 술 천 섬과 소 만 마리를 주어

위로했다. 군대의 장수와 병사가 모두 배불리 먹고 사기가 더욱 높아졌다.

양소유가 용녀와 함께 앉은 뒤 남해 태자를 들이니 태자는 감히 바라보지도 못했다. 양소유가 그를 꾸짖었다.

"나는 천자의 명을 받아 사방 오랑캐를 평정하고 있어 내 명령에 따르지 않는 이가 없다. 그런데 감히 어린아이가 하늘의 명을 알지도 못하고 항거했으니 이는 스스로 죽고자 하는 것이다. 내가 찬 보검은 옛날 바다의 용을 베었던 칼이다. 네 머리를 베어 죽여야 마땅하나 네 아비가 남해를 안정시킨 공을 생각해 특별히 죄를 용서한다. 이후에는 천명에 순응하고 못된 마음을 품지 마라!"

진영에서 약을 내와 태자의 상처에 바르게 한 후 놓아 보내니 태자가 머리를 감싸고 쥐가 숨듯 도망쳐 갔다.

문득 동남쪽을 바라보는데 상서로운 기운과 붉은 노을이 자욱하며 깃발들이 공중에서 내려오고 있었다. 한 사신이 달려오더니 아뢰었다.

"동정 용왕께서 전하시기를, 양 원수가 남해 태자를 물리치고 공주를 구한 소식을 듣고 직접 군대를 맞이하고 싶은데 지키는 땅이 달라 경계를 넘어갈 수가 없다 하십니다. 대신 용궁의 응벽전에서 잔치를 베푸니 공주와 함께 궁궐로 와 주시기를 청합니다."

양소유가 말했다.

"지금 군대를 거느려 적군과 맞서 있고 동정호는 여기서 만 리

밖에 있는데 어찌 갈 수 있겠소?"

사신이 말했다.

"이미 수레를 준비했습니다. 여덟 마리 용이 이끄니 반나절이면 갔다 오실 수 있습니다."

양소유는 틈을 내어
불가의 문을 두드리고

공주가 평복 차림으로
정 소저를 만나네

양 상서가 용녀와 함께 수레에 타니 기이한 바람이 수레바퀴에 불면서 공중으로 날아갔다. 인간 세상에서 몇천 리를 떠났는지 알 수 없었고, 다만 흰 구름이 세상을 덮은 듯 보이더니 순식간에 동정호에 도착했다. 용왕이 그를 맞이하며 예를 갖추는데 모습에 위엄이 넘쳤다.

용왕은 용궁의 모든 족속을 모아 상서가 싸움에 이기고 공주가 돌아온 것을 축하했다. 술이 취하자 온갖 음악을 연주하는데 인간 세상의 음악과는 달랐다. 궁전 앞에 좌우로 장사 천 명이 창칼을 들고 북을 치고 미인들이 여섯 줄로 맞추어 춤을 추니 그 웅장함과 화려함을 이루 말할 수가 없었다.

양소유가 물었다.

"이 춤은 인간 세상에서 보지 못한 것입니다. 무슨 곡조입니까?"

용왕이 말했다.

"이 곡조는 용궁에서도 전에 없던 것입니다. 과인의 맏딸이 경수 용왕에게 시집갔다가 불행한 일을 겪자 제 동생 전당강 용왕이 경수 용왕을 물리치고 딸을 데려왔습니다. 그때 만든 음악이 〈전당파진악錢塘破陣樂〉과 〈귀주환궁악貴主還宮樂〉이지요. 지금은 원수께서 남해 태자를 격파했으니 〈원수파진악元帥破陣樂〉*이라고 해야겠습니다."

양소유가 기뻐하며 말했다.

"큰따님의 사위 분은 어디 계십니까? 한번 뵐 수 있을까요?"

"천상의 선관이 된 후 직책이 무거워 마음대로 오지 못하고 있습니다."

술이 아홉 번 돌자 양소유가 작별 인사를 했다.

"군중에 일이 많아 여유롭게 있지 못합니다."

용왕의 딸을 돌아보고 다시 만나기로 기약한 후 궁궐 문을 나서려는데, 문득 눈앞에 큰 산이 우뚝 솟아 있고 다섯 봉우리가 구름 속에 든 모습이 보였다.

양소유가 물었다.

"저 산은 무슨 산입니까?"

---

* 〈전당파진악〉,〈귀주환궁악〉,〈원수파진악〉 전당강이 적진을 깨뜨린 것을 축하하는 곡, 공주가 궁궐에 돌아옴을 축하하는 곡, 양 원수의 승리를 축하하는 곡

"저 산을 모르시는군요. 남악 형산이라 합니다."

"산을 한번 구경할 수 있겠습니까?"

"날이 늦지 않았으니 잠깐 구경하셔도 될 듯합니다."

양소유가 수레에 오르자 금세 산 밑에 도착했다. 지팡이를 짚고 돌길을 따라 들어가니 천 개가 넘는 바위들이 서로 빼어남을 다투고 만 개의 골짜기가 그윽하게 깊어 장관을 제대로 구경할 틈이 없었다. 양소유가 탄식했다.

"어느 날에야 공을 이루고 벼슬에서 물러나 한가한 사람이 될 수 있을까?"

바람결에 종소리가 들려와 가까운 곳에 절이 있음을 알 수 있었다. 길을 따라 올라가니 지극히 장엄하고 아름다운 절이 있고 그 안에서 한 노승이 설법을 하고 있는데 눈썹이 길고 눈이 맑으며 골격이 빼어나서 보통 사람의 모습이 아니었다. 노승이 승려들을 데리고 내려와 양소유를 맞이했다.

"산에 사는 사람이라 대원수께서 오시는 줄도 모르고 미리 맞이하지 못했습니다. 지금은 원수께서 돌아오실 때가 아닙니다만 이왕 오셨으니 부처님께 예불하시기를 청합니다."

양소유가 향을 피우고 예를 갖춘 뒤 불전에서 내려오는데 문득 발을 헛디뎌 넘어졌다. 놀라서 깨 보니 군영 안 의자에 기대앉은 채였고 날은 밝아 있었다.

양소유가 장수들을 모아 물었다.

"어젯밤에 무슨 꿈을 꾸었는가?"

장수들이 말했다.

"꿈에 장군을 모시고 적과 싸워 그 장수를 사로잡았습니다. 이는 분명 적을 물리칠 징조입니다."

양소유가 매우 기뻐하며 자신의 꿈을 이야기해 주었다. 백룡담에 가 보니 물고기 비늘이 들판에 떨어져 있고 피는 냇물로 흘러가 연못 물이 맑고 깨끗했다. 양소유가 잔을 가져오게 해서 먼저 물을 떠 마시고 병든 군사들에게 주니 즉시 몸이 좋아졌다. 모든 군사와 말이 이 물을 마시고 즐거워하는 소리가 하늘까지 울리는 듯했다. 적들이 그 소리를 듣고 두려워하며 항복의 뜻을 밝혔다.

양소유가 전장에 나가 계속 승리했다는 소식을 전해 오자 황제가 태후를 뵙고 양소유의 공을 칭찬했다.

"양소유의 공은 대장군 곽분양 이후 으뜸입니다. 돌아오는 대로 승상 벼슬을 주어야겠는데 아직 누이의 혼사가 정해지지 않았습니다. 양소유가 순순히 마음을 돌리면 좋겠습니다만, 또 고집을 피우면 어찌할지 걱정입니다. 공을 세운 신하에게 마냥 벌을 주기는 어렵습니다."

태후가 말했다.

"내가 들으니 정경패의 미모가 뛰어나다 하고 양 상서와 서로 얼굴도 보았다 하니 쉽게 버리지 않을 것이다. 상서가 전쟁터에 가 있는 동안 정 씨 집에 명을 내려 다른 사람과 혼인하도록 하는 게 좋지 않겠는가?"

황제가 묵묵히 있다가 결정하지 못하고 나갔다. 이때 곁에서 태후를 모시고 있던 난양공주가 말했다.

"조금 전 모친의 말씀은 도리에 어긋나는 듯합니다. 정 씨 딸이 다른 혼처를 찾고 말고는 그 집에서 결정할 일인데 어찌 조정에서 명령을 내릴 수 있겠습니까?"

태후가 말했다.

"이 일은 너의 평생이 걸린 혼담이니 네 의견도 들어 보려 했다. 양 상서의 풍류와 문장은 따라올 자가 없을 뿐 아니라 통소 한 곡조로 너와 특별한 인연을 정한 지 오래되었지. 그러니 너 또한 양 상서 말고는 다른 걸맞은 혼처를 찾을 수가 없다. 하지만 양 상서가 정 사도 집과 보통의 혼약을 한 것이 아니고, 그 정이 깊어 서로 버리지 못할 사이이니 참으로 난처하구나. 상서가 돌아오면 우선 너와 혼인시키고 정경패를 첩으로 들일까 하는데, 네가 원치 않을까 봐 걱정이다."

난양공주가 대답했다.

"저는 질투를 모릅니다. 왜 받아들이지 못하겠습니까? 다만 양 상서가 처음에 아내로 맞았던 이를 나중에 첩으로 삼는 것은 예에 어긋난 듯합니다. 또 정 사도 집안은 여러 대 재상을 지낸 가문이니 딸을 남의 첩으로 보내려 하지 않겠지요."

태후가 말했다.

"그러면 네 생각에는 어찌하면 좋겠느냐?"

난양공주가 답했다.

"옛날 제후는 세 부인이 있다 했습니다. 양 상서가 공을 세우고 오면 크게는 왕이 되고 못해도 제후가 될 것이니 부인을 두 사람 두는 일은 이상하지 않을 듯합니다. 이렇게 정 씨 가문 딸을 허락하면 어떨지요?"

태후가 말했다.

"그건 불가하다. 보통 가문이라면 함께 한 사람의 아내가 될 수도 있으나 너는 선대 황제의 후손이요, 지금 황제가 사랑하는 누이이니 몸이 가볍지 않다. 어찌 일개 가문의 딸과 비교할 수 있겠느냐?"

난양공주가 말했다.

"저 또한 제 몸이 존귀함을 잘 알고 있습니다. 그러나 옛날 성스럽고 현명한 왕들은 어진 신하를 벗으로 삼곤 했습니다. 제가 들어 보니 정 씨 가문의 딸은 용모와 재주와 덕이 모두 뛰어나 누구와도 비교할 수 없다고 합니다. 그 말이 사실이라면 함께하는 것이 뭐가 이상하겠습니까? 다만 소문과 실제가 다를 수도 있으니 어떻게든 직접 보고 싶습니다. 용모와 재주가 저보다 뛰어나면 당연히 제가 평생을 우러러 섬기고, 그렇지 않다면 첩으로 삼든 종으로 삼든 모친의 뜻대로 하시는 게 어떨지요?"

태후가 이 말을 듣고 감탄했다.

"남의 재주를 좋아하지 않는 것이 보통의 마음인데 너는 반대이니 그 마음이 진실로 아름답다! 나 또한 정경패를 직접 한번 보고자 하니 내일 명을 내려 불러들이겠다."

공주가 말했다.

"모친께서 명을 내리셔도 병이 있다며 오지 않을 것입니다. 제 생각에는 정 사도의 딸이 분향하러 갈 때를 미리 알아내라고 명하시면 한번 만나기 어렵지 않을 듯합니다."

태후가 여러 절과 기도하는 곳에 묻게 하니 정혜원이라는 사찰의 승려가 말했다.

"정 사도 집의 불사佛事는 저희 절에서 하고 있습니다. 그런데 정 소저는 본래 절에 오지 않고, 사흘 전 양 상서의 첩 가춘운이 소저의 글을 대신 바치고 갔으니 그때의 글을 드립니다. 태후께 보고해 주십시오."

이 말을 듣고 태후가 난양공주에게,

"이러면 정 씨 딸의 얼굴을 보기 어렵겠다" 하고는 공주와 함께 정경패의 글을 보았다.

불제자 정경패는 여종 춘운으로 하여금 여러 부처님께 아룁니다.
제가 전생에 죄가 많아 여자의 몸으로 형제도 없이 태어나
양소유의 예물을 받고 혼인을 허락했습니다.

그러나 양소유가 부마에 뽑히고 조정의 명이 엄하시니

어찌 그를 따를 수 있겠습니까.

하늘의 뜻이 사람과 다르지만

마음을 바꾸는 것은 인간의 도리로 할 수 없는 일.

부모님께 의지해 남은 생을 마치려 합니다.

운명이 사납고 복이 없어 오히려 한가함을 얻었습니다.

부처님께 정성을 올리며 소원을 비오니

부모님이 백 세 넘도록 오래 살게 해 주시고

제가 색동옷 입고 재롱부리며 부모님께 기쁨을 드리게 해 주십시오.

부모님이 돌아가시면 맹세코 불가에 귀의해

향 사르고 경 읽으며 부처님의 은혜를 갚겠습니다.

제 몸종의 이름은 가춘운이니

저와 큰 인연이 있어 이름은 주인과 노비이나 사실은 벗입니다.

정실보다 먼저 양소유를 남편으로 섬기게 했는데

일이 잘못되어 남편을 떠나 주인을 따라왔으니

생사고락을 함께하기로 맹세했습니다.

부처님께서 저희 둘의 처지를 살펴 주셔서

윤회의 굴레에서 여자로 태어나지 않게 해 주십시오.

죄악을 없애고 지혜와 덕을 더해 주시어

좋은 땅에 환생해서 살게 해 주십시오.

난양공주가 글을 보고 말했다.

"한 사람의 혼인을 위해 두 사람의 인연을 깨니 마음이 무겁고 두렵습니다."

태후는 말이 없었다.

정경패는 정 사도와 최 부인을 모시고 온화하고 부드러운 모습으로 지내서 전혀 한탄하는 기색이 없었다. 그러나 최 부인은 딸을 볼 때마다 슬픔을 참지 못했다. 춘운이 정경패와 함께 최 부인을 위로했으나 부인은 점점 쇠약해졌다. 정경패가 이를 근심해 어머니의 마음을 달래려고 음악을 연주하는 이들이나 온갖 볼거리를 수소문해 불러들이곤 했다.

하루는 여자아이가 정 씨 가문에 족자 두 폭을 팔러 왔다. 춘운이 보니 하나는 꽃 사이에 있는 공작 그림이고 또 하나는 대나무 숲에 있는 자고새 그림이었는데 수놓은 솜씨가 정교하고 오묘해 보통 물건이 아니었다. 춘운이 여자아이더러 머물러 있으라 하고 족자를 가지고 들어가 최 부인과 정경패에게 보이며 말했다.

"소저께서 저의 수를 칭찬하셨는데 이 족자를 보십시오. 신선이 아니면 귀신의 솜씨입니다!"

소저가 부인께 보여드리며 말했다.

"지금 사람들 중에 이렇게 대단한 솜씨를 가진 이가 누구일까요? 실 색깔이 곱고 새롭습니다."

춘운에게 알아보게 하니 여자아이가 답했다.

"이 자수는 우리 소저가 직접 하신 거예요. 우리 소저는 사정이 있어 본가에서 나와 따로 계시는데 급히 쓸 곳이 있어 족자를 돈으로 바꾸어 오라 하셨어요."

춘운이 물었다.

"너희 소저는 어느 댁 분이시냐? 무슨 일로 혼자 객지에 계시지?"

여자아이가 말했다.

"우리 소저는 이 통판의 누이동생이셔요. 통판께서 대부인을 모시고 부임지인 절강으로 가시는데 소저가 병이 있어 함께 가지 못하고 외삼촌 댁에 머물러 계셨어요. 그런데 요새 그 댁에 사정이 생겨 건너편 연지 파는 사삼랑 집을 빌려 살며 통판의 가마가 오기를 기다리고 계십니다."

춘운이 정경패에게 그 말을 전하자 정경패가 비녀와 머리 장식을 많이 주고 그 족자를 사서 걸어 두고는 칭찬을 아끼지 않았다.

그 뒤로 이 씨 집 여자아이가 가끔 와서 종들과 사귀며 지냈는데 정경패가 춘운에게 말했다.

"이 씨 댁 소저의 솜씨를 보니 보통 사람이 아니야. 한번 몸종을 시켜 저 아이를 따라 왕래하게 해라. 이 소저가 어떤 인물인지 알아보아야겠어."

총명한 여종을 하나 보내니 이 소저가 직접 불러 밥을 먹이고 대접해서 보냈다. 여종이 돌아와 정경패에게 아뢰었다.

"이 소저는 보통 여인이 아닙니다. 아름다운 용모가 우리 소저와 같았습니다!"

춘운이 믿지 못하고 말했다.

"이 소저가 수놓은 것을 보면 예사 사람은 아닐 듯하다. 그러나 어찌 그런 경솔한 말을 하느냐? 지금 세상에 우리 소저 같은 사람이 또 있다니?"

여종이 말했다.

"제 말을 믿기 어려우시면 다른 사람을 보내서 보고 오라 하셔요."

춘운이 다른 이를 보냈으나 그도 돌아와서 이렇게 말했다.

"정말 이상합니다. 이 소저는 정말 선녀입니다! 전에 갔던 사람의 말이 틀리지 않습니다. 가 유인*이 못 믿겠거든 직접 가 보십시오."

며칠 뒤 연지 파는 사삼랑이 정 씨 가문에 찾아와 최 부인을 뵙고 말했다.

"이 통판 댁 낭자가 소인의 집을 빌려 살고 계신데, 그 낭자의 재주와 용모가 이 세상 사람이 아닙니다. 항상 귀댁 정 소저의 꽃다운 이름을 듣고 흠모하며 한번 뵙고 싶어 했는데 감히 곧바로

* 가 유인　가춘운을 높여 부르는 말. '유인'은 부인의 존칭이다.

청하지 못했다고 합니다. 소인이 부인을 뵈러 다니는 줄 알고 먼저 여쭈어 달라 하더군요."

최 부인이 정경패를 불러 그 말을 전하자 정경패가 말했다.

"저는 다른 사람과 달라 외부 사람을 만나지 않습니다. 그러나 이 소저의 자수가 신묘하고 용모가 워낙 빼어나시다 하니 한번 뵙고 싶군요."

사삼랑이 기뻐하며 떠났다.

이튿날 이 소저가 정경패에게 여종을 보내 찾아가겠다고 알렸다. 저녁 늦게 휘장을 친 작은 가마를 타고 여종 두어 명을 거느려 왔다. 정경패가 자기 처소로 청해 손님과 주인이 동서로 마주 섰는데 직녀가 달나라 궁전의 항아를 만나고 선녀가 서왕모에게 조회하는 듯했다. 두 사람의 광채가 온 집을 환히 비추니 서로 깜짝 놀랐다.

정경패가 말했다.

"하인을 통해 귀한 발걸음이 가까이 오심을 알았지만 제가 복이 없어 세상일에 문을 닫은 지 오래라 인사하는 예의를 갖추지 못했군요. 소저께서 먼저 와 주시니 감사한 마음, 말로 다하지 못하겠습니다."

이 소저가 말했다.

"저는 부친이 일찍 세상을 떠나셨습니다. 어머니의 지극한 사랑 속에 자랐으나 보고 배운 것이 없습니다. 남자들은 천하에서 벗을 얻어 우정을 나누며 어진 덕을 쌓는데 여자들은 밖에서 교유할 수가 없으니 어디 가서 잘못을 고치고 학문을 닦을까 한탄합니다. 정 소저의 학문과 고귀한 성품은 가문 밖을 나서지 않으셔도 온 나라에 모르는 이가 없습니다. 제가 늘 정 소저의 빛나는 모습을 뵙고 싶었는데 이제라도 만났으니 평생의 소원을 이루었습니다."

정경패가 말했다.

"이 소저의 말씀은 저의 마음과 같군요. 그러나 저 역시 규방에 있는지라 눈과 귀가 어둡습니다. 드넓은 세상의 이치를 잘 알지 못하지요. 또 진귀한 형산의 옥과 남해의 진주라도 스스로 광채를 숨긴다 하지 않습니까? 저 같은 사람은 부족함이 너무 많으니 이렇게 큰 칭찬은 적당하지 않습니다."

그러고는 몸종을 시켜 다과를 가져오게 하고 조용히 이야기를 나누었다.

이 소저가 말했다.

"댁에 가 유인이라는 사람이 있다고 하던데 만나 볼 수 있을지요?"

정경패가 말했다.

"그 또한 뵙고 싶어 했는데 감히 청하지 못했어요. 부르겠습니다."

춘운을 부르자 들어와 인사를 올렸다. 이 소저가 답례했다.

춘운이 이 소저를 보고 놀라며 생각했다.

'과연 선녀와 같다! 하늘이 우리 소저를 낳으시고 또 이 사람을 두었으니, 한나라 미인 조비연과 당나라 양귀비가 같은 세상에 있을 줄은 몰랐구나!'

이 소저 역시 속으로 생각했다.

'가 씨 여자의 명성을 들었지만 실제로 보니 그 이상이구나! 양 상서가 총애할 만하다. 궁중에 있는 진채봉과 어깨를 겨룰 만해. 주인과 종 두 사람이 이렇게 뛰어나니 양 상서가 어찌 이들을 놓을 수 있겠어?'

이 소저가 춘운과 인사를 나누고는 일어나 작별 인사를 했다.

"날이 저물어 오래 머물지 못하고 갑니다. 제 거처가 길 하나 사이로 가까우니 또다시 와서 뵙도록 하겠습니다."

정경패가 말했다.

"이 소저께서 와 주셨으니 다음엔 제가 방문해야 마땅한데 저는 다른 사람과 달리 가문 밖 출입을 잘 하지 않습니다. 용서해 주십시오."

두 사람이 이별을 아쉬워하며 헤어졌다. 정경패가 춘운에게 말했다.

"원래 보검은 흙 속에서도 빛을 발해 별을 쏘고, 큰 조개는 바다에 잠겨도 그 기운이 신기루를 만든다지. 이 소저의 재주와 용모가 저렇듯 빼어난데 우리가 그 명성을 듣지 못했으니 좀 이상한 일이야."

춘운이 말했다.

"저도 의심스러운 점이 하나 있어요. 양 상서는 화주 땅을 지날 때 만난 진 어사 따님 이야기를 지금까지도 슬픈 안색으로 말하곤 합니다. 진 소저가 지은 〈양류사〉를 보니 과연 뛰어났어요. 진 소저의 생사를 모른다고 하던데, 지금 그 소저가 이름을 고치고 우리에게 와서 옛 인연을 잇고자 하는 게 아닐까요?"

정경패가 말했다.

"진채봉이라는 소저의 명성은 나도 다른 데서 들은 적 있어. 이 소저와 비슷한 듯하지만 가문이 재앙을 당해 궁에 들어갔다 하더군. 그러면 어떻게 여기에 올 수가 있겠어?"

정경패는 최 부인에게 이 소저의 일을 말씀드리며 칭찬해 마지않았다. 최 부인이 말했다.

"이 씨 집 낭자를 나 또한 보고 싶구나."

며칠 뒤 최 부인 말씀으로 이 소저를 청했더니 흔쾌히 다시 정씨 가문에 왔다. 최 부인이 중당에 나아가 이 소저를 맞이하자 조카의 예로 부인께 인사를 올렸다. 부인은 술과 음식을 대접하며 딸을 찾아와 사랑해 준 데 고마움을 표했다.

이 소저가 일어나 말했다.

"제가 정 소저의 이름을 사모해 뵙고 싶었으나 저를 외면하실까 두려웠는데 형제처럼 대해 주셨습니다. 게다가 부인의 사랑까지 받으니 앞으로 자주 드나들며 딸처럼 부인을 섬기겠습니다."

최 부인이 과분하다고 답하며 함께 이야기했다. 정 소저가 이 소저를 데리고 자기 거처로 가서 춘운과 평소처럼 담소를 나누었다. 두 소저의 마음이 통해 문장의 좋고 나쁨을 평하고 토론하는데 하루가 다 가도록 그칠 줄 몰랐다. 서로 사랑하고 아끼며 좋아하는 마음에 뒤늦게 만난 것을 한탄할 뿐이었다.

두 미인이 손을 잡고
한 가마에 오르고

궁궐에서 일곱 걸음 만에
시를 짓다

이 소저가 돌아간 뒤 최 부인이 경패와 춘운에게 말했다.

"내가 정 씨와 최 씨 두 가문에서 고운 사람을 많이 보았으나 이 소저 같은 미인은 본 적이 없다. 정말 경패와 우열을 가릴 수 없으니 형제를 맺어야겠구나."

정경패가 춘운이 말해 준 진채봉의 이야기를 최 부인에게 알렸다.

"춘운은 이 소저가 진 어사 딸이 아닌가 의심하더군요. 그런데 제 생각에는 이 소저의 용모와 태도가 보통 사람과 많이 다릅니다. 진채봉의 미모와 재주가 뛰어나다 해도 이 소저처럼 단정하고 존귀하지는 않을 것 같아요. 제가 듣기로 난양공주의 모습에 비길 사람이 없다 하니 이 소저와 가장 가까운 듯합니다."

최 부인이 말했다.

"난양공주는 내가 보지 못했지만 높은 지위 때문에 이름을 얻지 않았겠느냐? 이 소저처럼 빼어날 수는 없을 듯하다."

정경패가 말했다.

"어쨌든 이 소저는 좀 의심스러운 데가 있습니다. 나중에 춘운을 시켜 알아보려 합니다."

이튿날 정경패가 춘운과 이 일을 의논하고 있는데 이 씨 집 여자아이가 와서 말을 전했다.

"절강으로 가는 배를 얻게 되었습니다. 내일 소저께서 작별 인사를 드리러 오신다 합니다."

이윽고 이 소저가 와서 최 부인과 정 소저를 만났다. 두 소저는 갑자기 이별을 하게 되어 섭섭함과 슬픈 마음이 얼굴에 그대로 드러났다. 이 소저가 최 부인에게 말했다.

"제가 어머니와 오라버니를 떠난 지 일 년이 되었으니 어서 가고 싶은 마음이 화살 같으나 부인과 정 소저의 사랑을 잊을 수는 없습니다. 제가 정 소저께 부탁하고 싶은 일이 있는데 허락하지 않으실 듯해 부인께 말씀드립니다."

최 부인이 말했다.

"무슨 일인지 말하시게."

이 소저가 대답했다.

"제가 돌아가신 아버님을 위해 남해대사*의 모습을 수놓았습니

---

* 남해대사 세상의 소리를 들으며 중생의 교화를 돕는 관음보살

다. 거기에 문인文人의 글을 받고자 했으나 아직 받지 못했습니다. 실은 정 소저의 글을 두어 구절 받고 싶어 저희 집으로 모셨으면 하는데 어찌 생각하실지 몰라 망설이고 있었습니다."

최 부인이 정경패를 보고 말했다.

"네가 비록 가까운 친척 집에도 가지 않지만 이 소저의 청은 특별하고 집도 가까우니 한번 가는 것이 어떻겠느냐?"

정경패는 처음에 난처한 기색이었으나 문득 이런 생각이 들었다.

'이 소저의 정체가 궁금했는데 이 기회에 한번 가 보는 게 좋겠다.'

정경패가 대답했다.

"다른 일이라면 가기 어려우나 부모님을 생각하는 간절한 마음을 어찌 외면하겠습니까? 다만 날이 저물면 함께 가도록 하지요."

이 소저가 매우 기뻐하며 말했다.

"날이 저문 뒤에는 글씨 쓰기가 불편하실 겁니다. 정 소저가 번잡한 길에 나서기를 피하시는 듯하니 제가 타는 가마가 누추하지만 같이 타시는 게 어떨지요?"

정경패가 말했다.

"그렇게 하는 게 좋겠습니다."

이 소저가 최 부인에게 인사하고 춘운을 불러 작별한 뒤 정경패와 함께 가마에 탔다. 정 씨 집안의 몸종은 두 명만 따라갔다.

이 소저의 집에 도착해 그 방을 보니 꾸민 모습이 지극히 정갈

하고 아름다웠다. 들여오는 음식 또한 간소하지만 진귀해서 예사롭게 보이지 않았다. 이 소저가 글 짓는 일에 대해 다시 말하지 않자 정경패가 말했다.

"관음보살 수놓은 것을 보여 주시지요. 이 소저의 솜씨를 빨리 보고 싶군요."

이 소저가 말했다.

"이제 보여드리겠습니다."

그런데 갑자기 문밖에서 말과 수레 소리가 요란하게 나면서 수많은 푸른 깃발, 붉은 깃발이 집을 둘러쌌다. 정 씨 집의 몸종이 놀라 말했다.

"소저, 군사들이 집을 에워쌌습니다!"

정경패가 상황을 이미 짐작하고 태연하게 있으니 이 소저가 말했다.

"정 소저, 놀라지 마세요! 사실 저는 난양공주입니다. 소저를 이곳으로 청한 분은 모친인 태후십니다."

정경패가 자리에서 일어나 물러나며 말했다.

"처음부터 보통 사람과 많이 다른 분이라 생각했습니다. 그러나 귀하신 공주께서 직접 오실 줄은 꿈에도 생각지 못한 일인지라 무례가 많았습니다."

공주가 대답도 하기 전에 시녀가 들어와 아뢰었다.

"태후마마, 황제 폐하, 황후마마께서 왕 상궁, 석 상궁, 화 상궁을 보내 안부를 물으십니다."

공주가 말했다.

"정 소저께서는 여기 잠깐 계십시오."

공주가 마루에 나가 앉자 상궁 세 사람이 차례로 예를 올리고 아뢰었다.

"공주께서 궁을 떠나신 지 여러 날이 되어 태후마마께서 깊이 염려하고 계십니다. 황제 폐하와 황후마마께서도 각각 궁녀를 보내 안부를 물으셨습니다. 오늘이 궁으로 돌아가시는 날이라 밖에 군대와 가마를 대령했습니다. 황제 폐하께서 행차를 호위하라고 명하셨습니다."

왕 상궁이 또 아뢰었다.

"태후마마께서 반드시 정 소저와 함께 가마를 타고 들어오라고 분부하셨습니다."

공주는 세 사람을 밖에서 기다리게 하고 방에 들어와 정경패에게 말했다.

"드릴 말씀이 많으나 나중에 조용히 말씀드리겠습니다. 태후께서 정 소저를 만나 보고 싶어 간절히 기다리시니 저와 함께 들어가 알현하시지요."

정경패가 가지 않을 수 없음을 알고 말했다.

"공주께서 저를 사랑하시는 마음은 잘 알고 있으나 여염집 여자가 지존한 태후를 뵌 적이 없으니 실례를 범할까 두렵습니다."

공주가 말했다.

"걱정 마세요. 태후의 마음이 어찌 저와 다르겠어요?"

정경패가 말했다.

"분부를 따르겠습니다. 그러나 공주께서 떠나신 뒤 집에 돌아가 수레와 시종을 갖추어 뒤따라 들어가겠습니다."

공주가 말했다.

"태후께서 저와 함께 가마를 타고 오라고 하셨으니 사양하지 마세요."

정경패가 말했다.

"제가 어찌 감히 왕실의 따님과 함께 가마를 타겠습니까?"

공주가 웃으며 말했다.

"여상呂尙은 어부였으나 주나라 문왕의 수레를 탔고, 문지기 후영이 탄 수레의 말고삐를 잡은 이는 위나라의 공자公子였지요. 정 소저는 대대로 재상 가문의 따님인데 어찌 저와 함께 타기를 사양하십니까?"

드디어 손을 잡고 가마에 올랐다. 정경패가 몸종 한 명은 자신을 따라오게 하고 나머지 한 명은 집으로 보내 사정을 알리게 했다.

공주를 태운 가마가 궁의 동쪽 문으로 들어갔다. 겹겹의 궁문을 지나 한 궁에 도착했다. 공주가 정경패와 함께 가마에서 내리며 왕 상궁에게 말했다.

"상궁은 정 소저를 모시고 여기서 기다려라."

왕 상궁이 말했다.

"태후마마의 분부로 정 소저가 머물 처소를 이미 마련했습니다."

원래 태후는 정경패에게 좋은 마음이 전혀 없었다. 하지만 난양 공주는 자신이 수놓은 족자를 대하는 정경패의 태도에 매우 감동해서 양소유가 그를 버리거나 첩으로 삼지 않을 것이라 짐작했다. 공주 자신도 정경패를 사랑하게 되어 함께 양소유를 남편으로 섬기려는 마음을 갖고 태후의 생각을 바꾸려 애썼다. 태후도 결국 공주와 정경패를 두 부인으로 삼기로 마음먹었다. 그래도 정경패의 얼굴을 반드시 직접 보고 싶었기에 공주로 하여금 정경패를 속여 데려오게 한 것이다.

정경패가 잠시 처소에 앉아 있는데 궁녀 두 사람이 새 옷을 담은 상자를 갖고 와 태후의 분부를 전했다.

"정 소저는 대신의 딸이고 재상의 예물을 받았으나 평복으로는 태후마마를 알현할 수 없습니다. 이품 벼슬 받은 자의 부인 의복을 보내신다고 하니 입으십시오."

정경패가 일어나 절하고 말했다.

"어찌 감히 그 옷을 입겠습니까? 제가 입은 옷은 간소하지만 부모를 뵐 때 입던 옷입니다. 태후께서는 만백성의 부모시니 같은 옷을 입고 알현하기를 청하옵니다."

궁녀가 들어갔다.

이윽고 태후가 정경패를 불러들였다. 정경패가 궁녀를 따라 궁전 뜰에 서자 아름다운 빛이 구중궁궐을 다 비추는 듯했다. 그 모습을 본 사람들이 혀를 차고 손뼉을 치며 말했다.

"천하 사람 중 우리 공주 한 분이 최고인 줄 알았는데 어찌 또 정 소저가 있단 말인가!"

정경패가 예를 올리자 궁녀가 인도해 궁전 위로 오르게 했다. 태후가 자리에 앉게 한 후 하교했다.

"지난번 난양의 혼사 문제로 양소유의 혼인 예물을 거두게 했는데 이는 옛 전통을 따른 것이지 내가 처음 한 일은 아니었다. 그런데 딸아이가 '왕가의 혼인을 위해 원래의 인연을 깨뜨리는 것은 군주가 할 일이 아닙니다' 하면서 함께 한 남편을 맞이하고 싶다고 진정으로 말하더구나. 내가 이미 황제와 의논해 딸아이의 뜻에 따라 양 상서가 돌아오는 대로 너도 정실부인이 되게 하려 한다. 전례가 없는 일이니 특별히 네게 알린다."

정경패가 일어나 대답했다.

"성은이 크시오니 제 몸을 가루로 만들어도 갚을 수 없습니다. 다만 저는 신하의 딸인데 어찌 감히 공주와 자리를 나란히 하겠습니까? 제가 비록 순종하려 해도 저의 부모가 죽음을 무릅쓰고 명을 받지 않을 것입니다."

태후가 말했다.

"너의 겸손한 뜻이 아름다우나 정 씨 가문은 여러 대 동안 제후를 지낸 집안이고 정 사도는 선황제의 귀한 신하다. 어찌 너를 첩이라는 천한 이름으로 들이겠느냐?"

정경패가 말했다.

"신하가 군주를 섬김은 하늘의 명에 순종함과 같습니다. 그러니 첩이 되든 노비가 되든 명하시는 대로 따를 뿐입니다. 공주를 섬기게 된다면 이 또한 영화로운 일이 아니겠습니까? 다만 난처한 일이 있습니다. 《춘추春秋》에서 정실부인을 첩으로 삼는 것을 경계하니 양소유가 하지 않을 듯합니다."

태후가 말했다.

"그 말이 참으로 옳구나. 하지만 네가 부인도 될 수 없고 첩도 될 수 없다면 내 딸의 혼처를 달리 구해야 하는데, 딸아이와 양 상서의 인연도 하늘이 정했으니 어찌 천명을 거스르겠느냐?"

퉁소 곡조로 인연을 알게 된 이야기를 하니 정경패가 듣고 말했다.

"제가 어찌 다른 생각이 있겠습니까? 저는 형제가 없고 부모는 아들이 없으니 천명을 순순히 받들어 부모가 세상을 뜰 때까지 모실 수 있기를 바랄 뿐입니다."

태후가 말했다.

"네 효성이 그러하나 내 어찌 한 여인의 혼삿길을 막을까? 하물며 네 용모가 이렇듯 빼어나고 학문과 언변이 뛰어나니 양 상서가 어찌 너를 버리고 다른 사람을 처로 맞겠느냐? 그리되면 네 인연과 내 딸의 인연 모두 잘못될 것이다.

내가 본래 딸 둘을 두었는데 난양의 언니가 열 살에 죽은 후 늘 난양의 외로움을 염려해 왔다. 지금 너의 용모와 재주가 참으로 난양의 자매라 할 만하니 마치 죽은 딸을 보는 듯하구나. 이제 너를 양녀로 삼고 황제께 아뢰어 호를 정하겠다. 그러면 죽은 딸에 대한 내 그리움을 덜 수 있고, 난양이 너를 사랑하는 마음을 이루며, 내 딸과 함께 양 상서를 남편으로 삼을 때 불편함이 없을 게다. 네 생각은 어떠하냐?"

정경패가 머리를 조아리고 말했다.

"그런 말씀을 내리시니 저의 분수에 맞지 않아 복이 달아날 듯합니다. 명을 거두어 주시옵소서."

태후가 말했다.

"이미 황제와 의논한 일이다. 사양하지 마라."

태후가 난양공주를 불러 정경패를 보게 하니 공주가 성대한 의복을 입고 나왔다. 태후가 말했다.

"네가 정 소저와 자매가 되고 싶다 하더니 이제 진짜 자매가 되었다. 네 생각은 어떠냐?"

그러고는 정경패를 양녀로 삼은 일을 알려 주니 공주가 말했다.

"어마마마의 처분이 옳으십니다."

태후가 정경패에게 술을 내리고 조용히 문장과 역사를 토론하다가 말했다.

"너의 글재주를 난양에게 자세히 들었다. 궁중의 봄날이 아름다우니 한번 붓을 휘둘러 내 기쁨을 더해 보아라. 옛사람 중에 칠보시七步詩*를 지은 이가 있었지. 네가 할 수 있겠느냐?"

정경패가 대답했다.

"태후의 분부신데 까마귀라도 그려 웃게 해드려야 하지 않겠습니까?"

태후가 기뻐하며 궁녀 중에 발이 작고 걸음이 어여쁜 자를 궁전 안에 세워 두고 시 제목을 내리려 했다.

이때 공주가 말했다.

"혼자 시를 짓는 것은 마땅하지 않습니다. 저도 한번 같이 지어 보겠습니다."

태후가 즐거워하며 말했다.

"더욱 좋구나. 어려운 시제를 내야겠다!"

봄이 저물어 궁전 앞에 벽도화가 활짝 피었는데 문득 까치가 날아와 지저귀는 소리가 들렸다. 태후가 매우 좋아하며 말했다.

"내가 너희 둘의 혼사를 정하는데 까치가 꽃 위에서 지저귀니 좋은 징조구나! '벽도화 위에서 까치가 지저귀는 소리'를 제목으로 칠언절구七言絶句* 한 편을 지어라. 그 속에 너희들이 정혼하게

---

* 칠보시 일곱 걸음 안에 짓는 시. 위나라 황제 조비가 동생 조식에게 칠보시를 짓지 못하면 죽이겠다고 하자, 조식이 즉석에서 시를 지어 목숨을 구했다.
* 칠언절구 일곱 글자씩 네 구절로 된 시

된 일을 담아 보거라."

두 사람이 종이와 먹, 벼루를 앞에 두고 붓을 잡았다. 궁녀는 걸음을 옮기면서 마음속으로 두 사람이 일곱 걸음 안에 시를 다 못 지을까 봐 걱정되어 발꿈치를 최대한 천천히 들어 옮겼다. 그런데 두 사람의 붓 움직이는 기세가 비바람 몰아치듯 하더니 벌써 써서 태후 앞에 바쳤다. 겨우 다섯 걸음 걸었을 때였다.

태후가 정경패의 시를 보았다.

> 궁궐의 봄빛과 벽도화에 취했는데
> 어디서 길한 새가 지저귀나
> 한 궁녀가 새로운 노래 전하니
> 《시경詩經》에 실린 공주들의 혼인 노래네

태후가 난양공주의 시를 보았다.

> 봄 깊은 궁궐에 온갖 꽃 만발하니
> 까치가 날아와 기쁜 소식 전하네
> 너희는 은하수에 열심히 다리 놓거라
> 두 공주가 그 다리 함께 건너갈 테니

태후가 크게 칭찬하며 말했다.

"내 두 딸은 여자 중의 이태백과 조식曹植이로구나. 조정에서 여자에게 벼슬을 준다면 둘이 장원이 되었으리라."

두 시를 정경패와 공주에게 보이니 두 사람이 각각 서로의 시에 감탄했다.

공주가 태후에게 아뢰었다.

"제가 요행히 시를 완성했으나 저의 시는 누구나 생각할 수 있는 것이지요. 그러나 정 소저의 시는 완곡하면서도 정교하니 제가 따라갈 수 있는 경지가 아닙니다."

태후가 말했다.

"네 말이 맞다. 하지만 네 시 또한 영민하고 사랑스럽다."

옆에 있던 늙은 궁녀 소 상궁이 태후께 여쭈었다.

"저는 어릴 적부터 글을 배웠으나 아직 그 깊은 뜻을 잘 모르겠습니다. 태후마마께서 두 시의 뜻을 풀이해서 하교해 주시옵소서. 좌우에 모신 이들이 모두 듣고 싶어 하옵니다."

태후가 웃으며 말했다.

"이 두 편의 시는 모두 아래 두 구절에 뜻이 들어 있다. 정 씨 딸아이의 글은 난양을 벽도화에 비유하고 자신을 까치에 비유했지. 《시경》에 왕실 공주의 혼인은 '벽도화 같다'고 했고 제후 딸의 혼인은 '까치가 집을 짓는다'고 했으니 이 비유를 절묘하게 가져온 것이야. 또 옛사람의 시에 '궁녀가 곡조를 지작루鳷鵲樓에 전한다'고 했는데 이 구절을 인용하면서도 '까치 작鵲' 자를 살짝 숨기는 겸손함을 보였어. 그러니 난양이 탄복한 것일세.

난양은 시에서 까치에게 '은하수 다리를 만들라, 두 공주가 건너겠다'고 썼지. 정 씨 딸아이가 양녀 되기를 끝내 사양했지만 정 소저는 자기와 마찬가지로 공주라 한 것이네. 나의 마음을 잘 알고 이렇게 했으니, 참으로 영민하지 않으냐?"

소 상궁이 기뻐하며 모든 사람과 함께 만세를 불렀다.

양 상서는 천상에 가는
꿈을 꾸고

가춘운은 유언을
꾸며 내어 전하다

이때 황제가 태후에게 저녁 문안을 왔다. 태후는 난양공주에게 정경패와 함께 곁방에 가 있으라 한 후 황제에게 말했다.

"난양의 혼사를 위해 정 사도 딸의 혼인을 취소하는 것은 해로울 듯하다. 그렇다고 정 사도 딸을 난양과 나란히 부인으로 삼을 수도 없고 첩으로 삼는 건 더욱 마땅하지가 않네. 그래서 내가 정 사도 딸을 불러 보았는데 그 재주와 용모가 난양과 형제가 될 만하기에 벌써 양녀로 삼았네. 양 상서가 돌아오면 둘을 함께 시집보내려 하는데 나의 처사가 어떠한가?"

황제가 매우 기뻐하며 하례하고 말했다.

"어마마마의 처사와 성대한 덕이 천지와 같습니다. 예부터 찾아보아도 따를 사람이 없을 것입니다!"

태후가 정경패를 불러 황제에게 인사하게 하니 황제가 궁전에 오르라 하고 태후에게 말했다.

"정 씨가 이제 황제의 누이가 되었는데 왜 아직도 평복을 입고 있습니까?"

태후가 말했다.

"황명이 아직 정식으로 내리지 않았다면서 장복章服*을 사양했네."

황제가 여중서에게 난새와 봉황이 수놓인 비단을 한 필 갖고 오게 하자, 진채봉이 이를 받들어 바쳤다. 황제가 붓을 들어 쓰려다 멈추고 태후에게 말했다.

"정 씨를 공주로 봉했다면 임금의 성씨를 주어야지요."

태후가 말했다.

"나도 그러려고 했으나 다시 생각하니 정 사도의 나이가 많은데 다른 자식이 없다. 차마 성을 빼앗지 못하겠으니 성은 그대로 두세."

황제가 손수 크게 썼다.

황태후의 성스러운 덕을 받들어 양녀 정 씨를 영양공주로 삼는다.

여중서를 시켜 황제와 태후의 옥새를 찍어 내려 주니 궁녀들이 공주의 장복을 받들어 정경패에게 입혔다. 정경패가 감사의

---

* 장복 제복의 일종. 문양을 수놓아 지위를 구분했다.

뜻을 올리고 난양공주와 좌석의 차례를 정하는데 나이가 난양공주보다 한 살 많았지만 감히 윗자리에 앉지 못했다. 그러자 태후가 말했다.

"영양은 이제 내 딸인데 왜 남의 식구 대하듯 하느냐?"

정경패가 머리를 조아리고 말했다.

"오늘의 차례가 곧 훗날의 차례가 될 터인데 어찌 감히 순서를 어지럽게 하겠습니까?"

난양이 말했다.

"진나라 문공의 딸은 먼저 결혼한 북방 오랑캐 여인에게 정실부인 자리를 사양했습니다. 영양공주는 제 언니신데 왜 사양하십니까?"

정경패가 오랫동안 사양하다가 태후가 형제의 차례로 앉으라고 분부하니 그 뒤로는 궁중의 모든 이가 정경패를 영양공주라고 불렀다.

태후가 두 사람의 시를 황제에게 보여 주자 황제가 감탄했다.

"두 시가 모두 절묘합니다만 영양의 시는 《시경》을 인용해 왕비의 덕으로 연결했으니 더욱 훌륭한 경지가 보이는군요."

그러고는 조용히 태후에게 말했다.

"태후께서 영양을 대우하심은 전례 없이 큰 덕을 베푸신 것입니다. 더불어 저도 청하고 싶은 일이 있습니다."

마침내 진채봉의 전후 사정을 자세히 이야기했다.

"진 씨의 사정이 매우 가엾고 그 아비가 비록 죄를 얻어 죽었으나 조정의 신하였으니 그 소원을 이루어 줄까 합니다. 누이가 시집갈 때 데려가는 첩으로 보내고자 하는데 어떻겠습니까?"

태후가 난양공주를 돌아보자 공주가 대답했다.

"진 씨가 저에게도 말한 적이 있습니다. 저도 진 씨를 아끼고 사랑하니 헤어지고 싶지 않습니다."

태후가 진채봉을 불러 하교했다.

"딸아이가 너와 헤어지지 않고자 해서 특별히 너를 양 상서의 첩이 되게 하겠다. 네 소원을 이루었으니 더욱 정성을 다해 난양을 섬기거라."

진채봉이 눈물을 비 오듯 흘리며 머리를 조아리고 은혜에 감사하는 인사를 올렸다. 태후가 말했다.

"두 딸의 혼사를 정하고 나서 까치가 우는 길조가 있기에 각각 시를 짓도록 했다. 너도 시를 한 수 지을 수 있겠느냐?"

진채봉이 명을 받들어 즉시 시를 지어 바쳤다.

까치가 지저귀며 궁궐을 맴도니

복사꽃 위로 봄바람 일어나네

남쪽으로 날아가지 않고도 둥지가 편안하니

작은 별 서너 개가 동쪽에 떠 있네

태후와 황제가 함께 그 시를 보고 칭찬하며 말했다.

"하늘이 내린 재능이구나! 시 속에《시경》을 인용해 첩의 분수를 지켰으니 더욱 아름답다."

난양이 말했다.

"까치를 소재로 시 쓰기는 어려운데 저와 영양이 먼저 시를 짓기까지 했지요. 조조의 시에도 까치가 남쪽으로 날아간다는 구절이 나오지만 의지할 곳이 없다는 내용이라 길하지 않으니 가져다 쓰기가 매우 어렵습니다. 그래서 이 시는 '남으로 날아간 까치는 둥지가 편안하다'는 두보의 시 구절을 인용하고, 마지막 구에《시경》에서 첩을 뜻하는 '작은 별'을 가져왔는데 이렇게 잘 어우러지니 이 시들이 마치 진 씨의 오늘을 위해 생긴 듯합니다."

태후가 그 말이 옳다 하면서 또 말했다.

"예로부터 여자 중에 시 잘하는 이는 반첩여, 탁문군, 채문희와 같이 몇 안 되는데 지금 이 세 사람이 모여 있는 듯하구나."

난양이 말했다.

"영양의 시녀 가춘운이라는 자도 시 짓는 재주가 매우 뛰어납니다."

태후가 말했다.

"그 여자도 한번 보고 싶구나."

이날 두 공주가 함께 자고 다음 날 정경패가 일찍 일어나 태후에게 문안을 드린 후 집으로 돌아가기를 청하며 말했다.

"제가 궁에 들어갔다는 소식에 온 집안이 깜짝 놀랐을 것입니다. 나가서 가족들을 만나 보고 태후의 은덕과 저의 영광을 알리겠습니다."

태후가 말했다.

"네가 이제 궁중을 쉽게 떠날 수 있겠느냐? 내가 정 사도 부인을 청해 의논할 일이 있으니 기다리거라."

즉시 정 씨 집에 명을 내려 최 부인을 들어오게 했다. 정 사도 부부는 정경패가 궁에 들어갔다는 소식에 놀랐다가 겨우 마음을 진정하던 중이었다. 최 부인이 명을 받고 궁에 들어와 태후를 뵙자 태후가 말했다.

"영양공주를 데려온 것은 원래 난양의 혼인을 위해서였소. 그런데 한번 본 뒤로 사랑하는 마음이 생겨 난양과 다름이 없으니 내 전생의 딸이 이번 세상에 부인의 딸로 태어난 것 같소. 임금의 성을 내려야 하지만 부인에게 다른 자식이 없다 해서 정 씨 성을 고치지는 않았소."

최 부인은 감격하고 황공해할 따름이었다.

태후가 또 말했다.

"영양은 이제 내 딸이니 부인은 찾지 마시오."

부인이 말했다.

"어찌 감히 찾겠습니까? 다만 연로한 저희 부부가 다시 딸을 만나지 못하게 되어 서글픕니다."

태후는 웃으며 말했다.

"혼인 전에만 그러자는 것일 뿐이오. 혼인 후에는 난양까지 부인에게 맡기겠소."

태후가 난양을 불러 최 부인과 만나게 하자 부인은 이전의 무례를 거듭 사과했다. 태후는 또 이렇게 말했다.

"부인 집에 가춘운이라는 자가 있다던데 만나 보고 싶소."

부인이 분부에 따라 가춘운을 불렀다. 춘운이 뜰아래서 머리를 조아리고 인사하니 태후가 말했다.

"난양의 말을 들으니 네가 시를 잘 짓는다 하더구나. 이 앞에서 지을 수 있겠느냐?"

춘운이 말했다.

"시 주제를 들어 보고자 하옵니다."

태후가 세 사람이 까치를 소재로 지은 시를 보여 주고 말했다.

"너도 이런 시를 지을 수 있겠느냐? 남은 글감이 없을까 싶은데."

춘운이 붓과 벼루를 청하더니 즉시 시를 지어 바쳤다.

기쁜 소식 알리는 작은 정성 스스로 알고

순임금의 뜰에 다행히 봉황을 따라왔네

진나라 누각의 봄빛이 천 개의 가지에 가득하니

세 바퀴를 맴돌다가 앉을 가지 하나 빌릴 수 있을지

태후가 두 공주에게 보여 주며 말했다.

"가 씨 여자가 재주 있다 하더니 이처럼 대단할 줄은 몰랐다!"

난양공주가 말했다.

"자신을 까치에 비유하고 영양 언니를 봉황에 비유했군요. 자기 처지를 정확하게 이해해 좋은 표현이 되었습니다. 아래 구절에는 제가 가 씨를 받아들이지 않을까 걱정하며 자신을 부탁하는 마음을 담았어요. 옛 시를 잘 끌어 써서 의미를 절묘하게 전하네요. '나는 새가 사람에게 의지하면 사람이 그 새를 사랑하게 된다'더니 참으로 가 씨를 두고 한 말입니다."

난양공주가 춘운을 데리고 물러 나와 진채봉과 인사하게 해 주었다.

"이 사람은 화음현 진 씨 낭자라네. 춘랑과 평생을 함께 지낼 사람이지."

춘운이 말했다.

"혹시 〈양류사〉를 지은 진 낭자이신가요?"

진채봉이 놀라 물었다.

"낭자가 어떻게 〈양류사〉를 아십니까?"

"양 상서가 말씀하셨습니다."

진채봉이 서글픔을 이기지 못하고 말했다.

"양 상서가 아직 저를 기억하고 계시군요!"

"낭자는 어찌 그런 말씀을 하십니까? 양 상서는 진 낭자의 〈양류시)를 몸에 간직하며 한시도 떼어 놓지 않으십니다. 또 낭자 이야기를 할 때마다 눈물을 흘리시고요. 낭자는 상서의 마음을 어찌 모르십니까?"

"상서가 저를 잊지 않으셨다니 이제 죽어도 한이 없겠습니다."

진채봉이 부채에 시를 지었던 이야기를 하자 춘운이 웃으며 말했다.

"제가 지금 하고 있는 비녀와 반지가 모두 그날 얻은 것입니다."

문득 궁녀가 와서 알렸다.

"정 사도 부인께서 댁으로 돌아가십니다."

두 공주가 태후를 모시고 앉자 태후가 최 부인에게 말했다.

"머지않아 양 상서가 돌아올 것이오. 돌려보낸 혼인 예물을 다시 받으면 매우 구차하고, 이제 영양은 내 딸이 되었으니 두 딸의 혼례를 동시에 거행하고 싶소. 부인은 허락해 주겠소?"

최 부인이 말했다.

"분부대로 하겠습니다."

태후가 웃으며 말했다.

"양 상서가 영양을 위해 조정의 명을 세 번이나 거역했으니 나도 한번 그를 속여야겠소. '말이 흉하면 일이 길하게 된다'는 속담이 있으니 그대로 해 봅시다. 상서가 돌아오면 '정 소저가 병을 얻어 불행하게 죽었다'고 하시오. 상서가 제 입으로 '정경패를 직접 만난 적이 있다'고 했으니 과연 영양공주를 알아볼지 살펴보고 싶소."

최 부인이 "명하시는 대로 하겠습니다" 하고 집으로 돌아왔다.

정경패는 궁문에서 최 부인을 배웅하고 춘운을 불러 양소유에게 전할 말을 일러 주었다.

이때 양소유는 군사와 말에게 백룡담 물을 먹이고 대군을 지휘해 북을 울리며 나아갔다. 토번 왕은 심요연이 보낸 구슬을 받고 당나라 군대가 계곡을 통과했다는 소식까지 들어 두려움에 어찌할 바를 몰랐다. 그러자 토번 장수들이 왕을 묶어 당나라 진영에 바치고 항복했다. 양 원수는 군대를 정비해 토번의 도읍에 들어갔다. 백성을 안심시키고 산에 올라 당나라의 공을 기록한 비석을 세운 뒤 개선가를 부르며 군대를 돌려 서울로 향했다.

진주 땅에 이르니 때는 벌써 가을이었다. 산천이 서늘하고 기러기 울음소리가 마음을 서글프게 했다. 양소유는 객점에 들어가 밤이 깊도록 고향 생각에 잠을 이루지 못했다.

'집을 떠난 지 삼 년이구나. 어머니는 평안하실까. 나랏일이 바빠 지금껏 혼인을 하지 못했는데 정 사도 댁과의 혼약은 과연 어떻게 될 것인가. 내가 이제 빼앗겼던 오천 리 땅을 회복하고 나라의 큰 적을 평정했으니 그 공이 적지는 않다. 천자께서 분명히 제후에 봉하는 상을 내리실 텐데 내가 모든 벼슬을 다 내려놓고 정 사도 댁과의 혼담을 청한다면 그때는 들어주시지 않겠는가?'

이렇게 생각하니 마음이 조금 편안해져 잠들 수 있었다. 문득 꿈속에서 하늘로 올라갔는데 온갖 보석으로 장식한 궁궐에 오색 구름이 영롱했다. 시녀 두 사람이 양소유에게 말했다.

"정 소저가 청하십니다."

양소유가 시녀를 따라 들어가니 넓은 뜰에 신선 세계의 꽃이 흐드러지게 피어 있고 백옥으로 만든 누각에는 선녀 셋이 나란히 앉아 있었다. 화려한 옷차림이 왕비 같고 푸른 눈썹과 맑은 눈이 반짝였다. 선녀들이 난간에 기대 시녀들이 공을 던지며 노는 모습을 보다가 양소유를 보고는 일어나 인사했다. 자리를 정해 앉은 뒤 제일 윗자리에 앉은 선녀가 물었다.

"서방님, 그간 잘 지내셨습니까?"

양소유가 다시 보니 분명 자신이 거문고를 연주할 때 음악을 평했던 정 소저의 모습이었다. 기쁘고도 슬퍼 말을 잇지 못하자 소저가 말했다.

"저는 이제 인간 세계를 떠나 하늘 궁전에 올라왔습니다. 제 부모님은 만나실 수 있겠지만 제 소식을 듣기는 어려울 것입니다."

그러고는 곁에 있는 두 선녀를 가리키며 말했다.

"이 사람은 직녀성을 지키는 선녀고 저 사람은 향을 피우는 선녀입니다. 모두 서방님과 전생의 인연이 있으니 제 생각은 하지 말아 주십시오. 이 인연을 이루시면 저도 의지할 곳이 있겠습니다."

양소유가 두 선녀를 보니 맨 끝에 앉은 사람은 얼굴이 익은 듯했지만 누군지 분명히 기억나지는 않았다. 그때 갑자기 멀리서 들리는 북소리와 피리 소리에 잠을 깼다. 꿈속의 일을 생각하니 길몽이 아닌 까닭에 마음이 불안하고 걱정스러웠다.

오래지 않아 군대가 서울에 도착했다. 천자가 위교라는 다리까지 몸소 나와 맞으셨다. 양 원수는 봉황의 날개 모양 장식이 달린 자금색 투구를 쓰고 황금 사슬로 엮은 갑옷을 입었다. 대완국의 천리마를 타고 황제가 내린 흰 깃발과 황금 도끼를 들었다. 용과 봉황이 그려진 깃발로 앞뒤를 호위하며 토번 왕을 수레에 실어 왔고, 서역의 서른여섯 땅 우두머리들이 각각 조공할 보물을 들고 그 뒤를 따르게 했다. 이렇게 성대한 모습은 역사에서 찾기 어려운 일이었다. 구경하는 사람들이 백 리까지 이어져 장안 성안이 텅 빌 정도였다.

황제가 나랏일에 애쓴 양소유를 치하하고 상을 내린 후 왕에 봉하려 했다. 양소유가 머리를 조아리고 지극정성으로 사양하자 그 마음을 아름답게 여겨 승상으로 삼고 위국공에 봉하며 땅 삼만 호를 내렸다. 또 황금 만 근, 백금 십만 근, 촉나라 비단 십만 필, 준마 천 필, 그 밖에 다 기록할 수 없을 만큼 진귀한 보물들을 상으로 내렸다. 양소유가 은혜에 감사하니 황제가 큰 연회를 베풀어 함께 즐기면서 그의 얼굴을 그려 능연각에 보존하게 했다.

양소유가 대궐을 떠나 정 사도 댁으로 가자 정 씨 댁 자제들이 모여 있다가 양소유를 맞이하며 공을 이룬 것을 축하했다. 양소유가 정 사도와 최 부인의 안부를 물으니 정십삼이 말했다.

"숙부님과 숙모님은 겨우 몸을 보전하셨지만, 나이 드신 분들이 누이의 상을 당한 후 너무 애통해하셔서 건강이 크게 상하셨소. 양 승상이 와도 나와 보시지 못할 정도라오. 일단 들어가 인사라도 드립시다."

양소유는 그 말을 듣고 어리둥절해서 멍하니 한참 말을 잇지 못하다 물었다.

"누구의 상을 당했다는 말이오?"

정십삼이 말했다.

"숙부님의 외동딸이 그렇게 되었으니 어찌 애통하지 않겠습니까. 양 승상은 숙부님을 뵐 때 서글픈 말씀을 절대 하지 말아 주시오."

양소유가 자기도 모르게 눈물을 흘리며 슬퍼하자 정십삼이 위로하며 말했다.

"지금은 예의를 먼저 차리셔야지요. 이렇게 슬퍼하는 모습을 보이시면 안 됩니다."

양소유가 눈물을 그치고 정십삼과 같이 들어가 정 사도와 최 부인을 만났다. 정 사도 부부는 양소유의 성공을 축하할 뿐 정경패에 관한 말은 일절 하지 않았다. 양소유가 말했다.

"제가 조정의 위엄과 덕에 힘입어 높은 벼슬을 얻었으나 이를 사양하고 제 사정을 말씀드려 예전의 인연을 이루고자 했습니다. 그러나 일이 이 지경에 이르렀으니 참담함을 견디기 어렵습니다."

정 사도가 말했다.

"세상만사가 모두 하늘에 달렸을 뿐. 사람의 힘으로 어찌하겠나? 오늘은 양 승상에게 기쁜 날이니 다른 말은 하지 말게."

정십삼이 자주 양소유 쪽을 보며 눈짓하기에 양소유가 더 말하지 못했다. 화원으로 가니 춘운이 맞이하며 고개를 숙였다. 춘운을 보자 더욱 슬픔을 참을 수 없어 눈물을 흘렸다.

춘운이 말했다.

"승상, 오늘은 슬퍼하실 날이 아닙니다. 눈물을 거두고 제 말씀을 들으세요. 우리 소저께서 천상으로 돌아가던 날 제게 이렇게 말씀하셨습니다.

'이제 내가 속세를 버리게 되었으니 너는 꼭 돌아가서 상서를 모셔라. 그분이 돌아오시면 나 때문에 상심하실 테니 이 말씀을 전해드려. 내 집에서 혼인 예물을 돌려보낸 뒤로 그분과 나는 완전히 남남이야. 그런데 상서가 남남이 된 여자의 무덤에 와서 슬퍼한다면 임금의 명을 거역하고 죽은 나에게 누를 끼치는 일이지. 나를 행실 나쁜 여자로 대하는 셈이니 나는 죽어서도 눈을 감지 못할 거야.'

또 이런 말씀을 하셨어요.

'양 상서가 돌아오면 황제께서 공주와의 혼사를 다시 말씀하실 거야. 들으니 공주가 아름답고 기품 있는 분이라 훌륭한 배필감이시라고 들었어. 반드시 황명을 따르시라고 전하거라.'"

양소유가 그 말을 듣고 더욱 슬퍼하며 말했다.

"정 소저의 유언이 그렇다 해도 어찌 내가 슬프지 않겠는가. 더구나 소저가 임종하는 순간까지 나를 그토록 염려해 주었다니 열 번 죽어도 소저의 은혜를 갚을 수 없겠구나."

그리고 전날 꾼 꿈 이야기를 하자 춘운이 말했다.

"소저가 천상에 계신 것이 틀림없습니다. 세상일은 모두 정해져 있는 법이니 너무 슬퍼하지 마십시오."

양소유가 말했다.

"정 소저가 또 무슨 말씀을 하셨느냐?"

"말씀이 있긴 했으나 아뢰기 어렵습니다."

"무슨 말이든 해 보거라."

"'나와 춘랑은 한 몸이니 양 상서께서 나를 잊지 않으신다면 춘랑을 버리지 말아 주십시오' 하셨습니다."

양소유가 더욱 서글퍼하며 말했다.

"내가 춘랑을 저버릴 리 있겠는가? 더욱이 정 소저의 유언까지 있으니 내가 직녀를 아내로 삼고 선녀를 첩으로 삼는다 해도 맹세코 춘랑을 잊지는 않겠네."

혼인날 꽃과 비단이
찬란하게 빛나고

연회에서 적경홍과 계섬월이
사람들을 압도하다

다음 날 황제가 양소유를 불러 말했다.

"정 사도의 딸이 불행하게 되었다는 소식을 알고 경이 조정으로 돌아오기만을 기다렸네. 정 사도 집이 염려되겠지만 경의 나이가 젊고 모친도 계시니 정실부인을 맞이해야 하지 않겠나. 짐이 벌써 승상과 공주의 거처를 지어 놓았네. 이제는 혼사를 허락해야 하지 않겠는가?"

양소유가 머리를 조아리고 말했다.

"제가 황명을 거역한 죄는 참형을 당해 마땅한데 이렇게 하교하시니 황공하옵니다. 전의 항명은 정 사도 댁과의 인륜을 저버릴 수 없어서였지요. 그런데 이제 정 사도 댁 딸이 세상을 떠났으니 어찌 거역하겠습니까? 다만 저의 가문이 미천하고 품성이 모자라 부마의 자리에 걸맞지 않을까 걱정합니다."

황제가 매우 기뻐하며 길일을 물으니 천문을 맡은 흠천감에서 구월 십오일이라고 하는데 바로 얼마 후였다. 황제가 또 양소유에게 말했다.

"전에는 혼사가 이루어질지 알 수 없어 자세히 말하지 않았으나, 사실 짐의 누이는 두 명이네. 모두 현명하며 정숙하지. 이제 두 사람을 함께 경에게 보내려 하네."

양소유가 전에 꾼 꿈을 생각하고는 기이하게 여기며 말했다.

"제가 부마에 뽑힌 것도 황공한데 어찌 두 공주를 한 사람에게 보내시옵니까? 이는 일찍이 없었던 일이니 제가 감당할 수 없사옵니다."

황제가 말했다.

"경의 공이 크기 때문에 이를 갚는 것이네. 또 누이 두 명이 서로 우애가 지극해서 헤어지지 않으려 하기에 태후마마께서 특별히 명하셨으니 사양하지 말게. 또한 궁녀 진 씨가 있는데 본래 사족士族으로 아름답고 문장에 능해 누이가 아끼는 사람일세. 시집갈 때 데려가는 첩으로 삼았으니 그리 알고 있게."

양소유가 거듭 고개를 숙이며 은혜에 감사하는 뜻을 표했다.

영양공주가 궁중에서 지낸 지 한 달이 되었다. 태후를 섬기는데 정성과 효도를 다하고 난양공주, 진채봉과 함께 친형제 같은 우애를 나누니 태후가 더욱 사랑했다. 국화꽃이 피는 아름다운 계절이 돌아오자 영양이 태후께 조용히 아뢰었다.

"처음에 난양과 자리를 정할 때 제가 윗자리에 앉은 것은 사실 예의에 어긋나는 일이었습니다. 그러나 저를 대우해 주시려는 태후의 뜻을 감히 외면할 수 없어 말씀을 따랐지요. 이제 혼인을 할 때도 난양이 둘째가 되는 건 있을 수 없는 일이니, 태후마마와 황제께서 미리 정해 주시기를 바랍니다."

난양공주가 말했다.

"제가 전에 진 문공의 딸과 오랑캐 여인 이야기를 했던 것은 이 일을 위해서였습니다. 저는 언니의 덕성과 학문을 따라갈 수 없으니 정 사도 댁 따님으로 계셨어도 자리를 양보했을 거예요. 그런데 지금 형제가 되었으니 어찌 높고 낮음이 있겠습니까? 제가 둘째 부인이 되어도 공주의 존귀함에는 조금도 금이 가지 않습니다. 만약 첫째 부인이 된다면 태후께서 언니를 딸로 길러 주신 뜻이 있겠습니까? 계속 양보하신다면 저는 시집가지 않겠습니다."

태후가 황제에게 묻자 황제가 말했다.

"누이가 이렇게 진정으로 사양하는 것은 찾아보기 힘든 아름다운 덕입니다. 누이의 청을 들어주시기 바랍니다."

태후가 옳게 여기고 명을 내렸다.

"영양공주를 좌부인左夫人에 봉하고 난양공주를 우부인右夫人에 봉한다. 진 씨는 본래 벼슬하던 가문 출신이니 숙인淑人으로 삼는다."

공주의 혼례는 궐 밖에서 하는 것이 예였으나 태후의 명으로 특별히 궁중에서 거행되었다.

길일로 잡은 혼인날, 양소유가 화려한 도포에 옥으로 만든 허리
띠를 두르고 두 공주와 맞절을 하니 그 성대함이 산 같고 물 같아
서 기록할 수 없을 정도였다. 혼례를 마치고 진 숙인 또한 양소유
앞에 나와 예를 올리고 두 공주를 곁에서 모셨다.

이렇게 선녀 셋이 한곳에 모이니 오색찬란한 광채가 온 궁궐에
가득히 비치는 듯했다. 양소유는 눈이 어질어질하고 정신이 아찔
해서 꿈이 아닐까 하는 의심이 들었다.

이날 영양공주와 함께 밤을 지내고 아침 일찍 일어나 태후께
인사를 올리자 잔치를 베푸셨다. 황제와 월왕이 태후를 모시고 종
일 즐거워했다. 둘째 날은 난양공주와 밤을 보내고 이튿날 또 잔
치했다.

셋째 날은 진채봉의 방으로 갔다. 비단 휘장을 치고 은촛대를
꺼내는데 진채봉이 문득 눈물을 뚝뚝 흘렸다. 양소유가 놀라 물
었다.

"숙인은 이 좋은 날 왜 슬퍼하시는 거요? 혹시 마음에 숨긴 일
이 있소?"

진채봉이 말했다.

"승상께서는 저를 몰라보시는군요. 잊으셨음을 이제 확실히 알
겠습니다."

양소유가 그제야 깨닫고 진채봉의 손을 덥석 잡으며 외쳤다.

"그대는 화주의 진 낭자가 아니오?"

진채봉은 자기도 모르게 오열하며 흐느꼈다. 양소유가 주머니에서 〈양류사〉를 꺼내자 채봉 역시 양소유의 시를 꺼냈다. 두 사람은 오랫동안 어긋난 인연에 대한 서글픔과 서로를 향한 마음을 확인하며 말없이 마주 보았다.

진채봉이 말했다.

"승상께서는 〈양류사〉 인연만 알고 계시지요? 우리에겐 부채 시 인연도 있었습니다."

진채봉은 상자를 열어 시가 적힌 부채를 꺼내 보여 주었다.

"이것이 모두 태후마마와 황제 폐하, 공주마마의 은덕입니다."

양소유가 탄식하며 말했다.

"화음현에서 헤어진 후로 당신의 생사를 늘 알고 싶었다오. 그 지역을 지날 때마다 얼굴에 가시가 박힌 듯 마음이 괴로웠소. 이제야 하늘이 소원을 이루어 주셨으니 감사할 따름이오. 다만 당신을 부인이 아니라 첩으로 맞이하게 되어 가슴이 아프구려."

진채봉이 말했다.

"제 박한 운명은 알고 있었습니다. 처음 유모를 보낼 때부터 서방님께 정혼한 곳이 있으면 첩이라도 되겠다고 마음먹었어요. 지금은 공주 다음 자리에 있는데 어찌 싫다고 하겠습니까?"

이날 밤 옛정을 이야기하며 즐거움을 나누니 첫째 날과 둘째 날보다 더 친밀한 사랑과 기쁨이 있었다.

이튿날 양소유와 난양공주가 영양공주의 방에 모여 조용히 술잔을 나누었다. 영양공주가 문득 나지막한 목소리로 시녀를 불러 진채봉을 오게 했다. 그런데 그 목소리를 들은 양소유의 마음이 이상하게 움직였다. 예전에 여장을 하고 정 사도 댁에 가서 거문고를 타며 정경패와 만났을 때 많이 들어 익숙한 목소리였기 때문이다. 영양공주의 목소리가 정경패와 매우 비슷하다 느끼고 다시 그 얼굴을 보니 정말 정경패를 닮았다는 생각이 들었다. 양소유가 속으로 생각했다.

'세상에 이토록 똑같은 사람이 있을 수가! 정 소저와 정혼할 때 생사를 함께하려 했었지. 지금 나는 부인을 얻고 즐거움을 누리건만 무덤 속의 정 소저는 얼마나 외로울까.'

이렇게 생각하니 얼굴에 서글퍼하는 빛이 나타났다. 정경패는 영리한 여자라 양소유의 마음을 눈치채고 물었다.

"'임금이 걱정하는 것은 신하의 잘못이다'라는 말을 들은 적이 있습니다. 아내와 남편의 관계도 그와 같으니 상공께서 슬퍼하시는 이유를 듣고 싶습니다."

양소유는 자신이 실수했음을 알아차렸지만 달리 꾸며 낼 말이 없어 곧이곧대로 말했다.

"공주를 속이지 않고 솔직하게 말하겠소. 내가 전에 정 사도 댁과 정혼했을 때 정 소저를 본 적이 있소. 그런데 지금 부인의 모습과 목소리가 참으로 그 소저와 닮아 나도 모르게 생각이 났소. 미안하오."

영양공주가 이 말을 듣고 얼굴이 약간 붉어지더니 조용히 일어나 안으로 들어가버렸다. 한참이 지나도 나오지 않자 양소유가 시녀를 시켜 나오도록 했으나 그 시녀조차도 들어가서 다시 나오지 않았다.

난양공주가 말했다.

"언니는 태후마마께서 총애하시는 딸이라 저와 달리 성품이 강합니다. 조금 전 상공이 정 소저와 비교하는 말씀을 하시니 화가 난 듯합니다."

양소유가 진채봉을 보내 사죄의 말을 전하게 했다.

"내가 술에 취해 쓸데없는 말을 했소. 공주께서 나오시면 진 문공이 부인 회영에게 했던 대로 웃옷을 벗어 정중히 사죄하겠소."

진채봉이 들어갔다가 한참 뒤에 나왔으나 아무 말도 하지 않았다. 양소유가 물었다.

"공주가 뭐라고 하시던가?"

진채봉이 말했다.

"공주께서 대단히 노하셔서 말씀이 매우 지나치십니다. 감히 전하지 못하겠어요."

양소유가 말했다.

"자네 잘못이 아니니 자세히 전해 주게."

진채봉이 말했다.

"이렇게 말씀하셨습니다.

'내가 비록 누추하나 태후가 사랑하시는 딸이고 정 소저는 아름답다 해도 왕족이 아닌 사족 여자입니다.《예기禮記》에 말하기를 임금이 타신 말을 보고 허리를 굽힌다고 했는데, 이는 임금을 존경해서이지 말을 존경해서가 아닙니다. 상공은 조정을 공경한다면서 어찌 나를 정 소저와 비교하십니까? 하물며 정 소저는 남녀가 유별하다는 도리도 지키지 못하고 남자와 말을 나누었지요. 또 혼사가 어긋남을 슬퍼하다 우울하게 병을 얻어 죽었다 하니 그에 비교당한 제가 부끄럽습니다.

옛날 노나라 추호의 아내는 남편이 뽕잎 따는 여자에게 황금으로 수작을 걸자 행실 나쁜 사람의 아내라는 것이 부끄럽다며 스스로 물에 빠져 죽었습니다. 상공이 이미 정 소저의 외모와 목소리를 아심은 거문고로 여인을 유혹하고 향을 훔쳐 외간 남자에게 준 일과 같으니, 행실이 추호보다 못합니다. 저는 그 아내처럼 물에 빠져 죽진 못해도 궁궐에 깊이 숨어 살며 혼자 늙기로 했습니다. 제 아우는 성품이 유순하니 백년해로하시기를 바랍니다.'"

양소유가 속으로 화를 참으며 '왕가의 여자는 사람을 이렇게 함부로 대하는구나! 부마 노릇이 정말 어렵다!' 생각하고는 난양공주에게 말했다.

"내가 정 소저와 만난 데는 이유가 있소. 그런데 지금 영양이 이 일을 두고 행실이 나쁘다며 비난하니 나는 상관없지만 죽은 사람까지 모욕당해 참으로 한스럽소!"

난양공주가 말했다.

"제가 들어가서 언니를 타일러 보겠습니다."

들어가더니 날이 저물도록 소식이 없었다.

어둠이 내리고 등불이 켜지자 난양공주가 시녀를 시켜 말을 전했다.

"언니를 여러 말로 달래 보았으나 마음을 돌리지 않습니다. 저는 원래 언니와 모든 것을 함께하기로 했으니 언니가 깊은 궁궐에서 늙겠다면 저 또한 그렇게 하겠습니다. 상공은 진 숙인의 방에 가서 편히 쉬시기 바랍니다."

양소유는 뱃속 가득 화가 치밀어 올랐지만 그래도 겉으로 드러내지 않았다. 진채봉이 등불을 켜고 양소유를 자기 방으로 모시고 가더니 금향로에 불을 피우고 침대에 비단 이불을 편 후 말했다.

"저는 비록 천한 사람이지만,《예기》에 '정실부인이 없을 때 첩이 대신 모시지 않는다'는 구절이 있다고 들었어요. 상공께서는 홀로 편안히 주무십시오. 저는 물러가겠습니다."

그러고는 태연히 일어나 떠났다. 양소유는 붙잡기 곤란해 더 말을 걸지 않았는데 이날 진채봉의 모습도 퍽 냉정해 보였다.

양소유는 생각했다.

'이 사람들이 마음을 합쳐 남편을 놀리고 있구나. 내 어찌 저들에게 용서를 구걸할까? 정 사도 댁 화원에서 지낼 때는 낮에 정십삼과 주루에도 가고 밤에는 춘운과 마주 앉아 술잔을 나누며 늘 즐거웠지. 그런데 이제 부마가 되니 사흘 만에 눈치를 보아야 하는구나!'

마음이 복잡해져 창문을 열었다. 밤하늘에 은하수가 드리우고 달빛이 뜰에 가득했다. 밖으로 나온 그는 신발을 끌며 계단 위를 왔다 갔다 하다가 영양공주의 방에 환하게 불빛이 비치는 것을 보았다.

양소유가 생각했다.

'궁녀들이 아직 안 자는가? 아니면 영양이 나를 진 숙인 방에 보내 놓고 도로 방에 왔을까?'

살그머니 영양의 방에 다가갔다. 안에서 두 공주의 말소리와 쌍륙雙六* 하는 소리가 났다. 창틈으로 엿보니 진채봉이 공주 앞에서 한 여자와 쌍륙판을 두고 마주 앉아 홍과 백으로 편을 나누어 놀이를 하고 있었다. 그러다 여자가 몸을 돌려 촛불 심지를 자르는데 분명 가춘운이 아닌가. 가춘운은 영양공주가 된 정경패의 혼례를 보기 위해 궁에 들어온 지 며칠이 지났지만 몸을 감추고 있었던 것이다. 양소유는 깜짝 놀라 생각했다.

'춘랑이 여기 왜 왔을까? 공주가 보고 싶어서 불렀는가?'

문득 채봉이 쌍륙판을 덮으며 말했다.

---

* 쌍륙　주사위를 던져 말을 움직이는 놀이

"쌍륙을 그냥 하니 재미가 없네. 춘랑과 내기를 하고 싶어!"

춘운이 말했다.

"저는 가난합니다. 내기에서 술 한 잔과 음식 한 그릇만 얻어도 다행인걸요. 숙인은 공주를 모시고 궁중에 머무시니 수놓은 비단 옷과 훌륭한 음식에 싫증이 날 텐데 제가 무엇으로 내기를 하겠습니까?"

채봉이 말했다.

"내가 지면 내 옷이든 머리 장식이든 달라는 대로 줄 테니 춘랑이 지면 내 청을 들어주게. 춘랑에게 손해가 될 일은 아닐 거야."

춘운이 말했다.

"무슨 일입니까?"

채봉이 말했다.

"전에 두 분 공주께서 조용히 말씀하시는 것을 들으니 춘랑이 귀신이 되어 승상을 속였다던데. 내가 그 이야기를 모르니 춘랑이 지면 옛이야기처럼 자세히 말해 주게."

춘운이 쌍륙판을 밀치고는 부끄러워하며 영양공주에게 말했다.

"소저, 소저! 우리 소저가 항상 저를 아껴 주시더니 어찌 그 이야기를 하셨나요? 진 숙인이 들었으면 누군들 듣지 못하겠어요? 이제는 제가 얼굴을 들고 살 수가 없겠습니다."

채봉이 웃으며 말했다.

"공주께서 왜 춘랑의 소저이신가? 우리 영양공주는 승상 부인이시니 나이가 아무리 젊으셔도 춘랑의 소저가 되실 순 없어."

춘랑이 말했다.

"십 년 넘게 부르던 말을 갑자기 고치기 어려워 그러네요. 꽃가지를 서로 꺾으며 다투던 일이 엊그제 같으니 공주가 되시고 부인이 되셔도 무섭지가 않습니다."

난양공주가 웃으며 정경패에게 물었다.

"춘랑의 이야기는 저도 듣고 싶었습니다. 정말 승상이 속던가요?"

정경패가 말했다.

"왜 속지 않았겠어? 겁내는 모습이나 보려 했는데 눈이 먼 것처럼 춘랑이 귀신이라도 아무 상관없다 하더군. 여자 밝히는 사람을 색중아귀色中餓鬼*라 부른다더니 그 말이 틀리지 않아. 자기가 귀신이니 귀신을 두려워할 리 있겠어?"

모두들 크게 웃었다. 밖에서 듣고 있던 양소유는 그제야 영양공주가 바로 정경패임을 깨달았다. 옛일을 생각하니 반가운 정을 이길 수 없어 문을 열고 들어가려다 문득 생각했다.

'저들이 나를 속였으니 나도 저들을 속여야겠다.'

그러고는 가만히 진채봉의 방에 돌아와 잠자리에 들었다.

* 색중아귀 여자 좋아하는 귀신

다음 날 진채봉이 시녀에게 물었다.

"승상께서 일어나셨느냐?"

시녀가 대답했다.

"일어나지 않으셨습니다."

진채봉이 오랫동안 휘장 밖에서 기다렸으나 양소유는 해가 중천에 뜨도록 일어나지 않은 채 가끔 신음 소리를 냈다. 진채봉이 물었다.

"상공, 몸이 불편하십니까?"

양소유가 곁눈질로 진채봉을 보고는 못 알아보는 척 계속 헛소리를 했다. 진채봉이 걱정하며 물었다.

"상공께서는 어찌 이상한 말씀을 하십니까?"

양소유가 한동안 멍하니 있다 겨우 진채봉을 알아보는 시늉을 하며 대답했다.

"밤새도록 귀신과 이야기를 했더니 몸이 안 좋은 것 같소."

진채봉이 다시 물었으나 양소유가 답하지 않고 돌아누웠다. 진채봉은 몹시 안타까운 마음이 들어 시녀를 시켜 두 공주에게 알렸다.

"승상께서 몸이 불편하신 듯합니다. 어서 와 보십시오."

정경패가 말했다.

"어제까지 아무 병도 없던 사람이 무슨 병이 났겠어? 우릴 불러 내려는 속셈이야."

조금 뒤 진채봉이 와서 말했다.

"승상께서 정신이 흐릿해 사람을 못 알아보고 어두운 곳을 향해 헛소리를 계속하십니다. 황제께 아뢰고 어의를 오게 해야겠습니다."

이렇게 의논하고 있을 때 태후가 소식을 듣고 두 공주를 불러 나무랐다.

"너희가 승상을 속여 놀리고 병이 있다는데도 가 보지 않는다니 이게 무슨 일이냐? 빨리 가서 문병해라. 정말 병이 났다면 어의를 보내겠다."

정경패가 어쩔 수 없이 난양공주와 함께 양소유의 처소로 갔다. 자신은 마루에 머물러 있고 난양공주와 진채봉만 방으로 들여보냈다. 양소유가 난양공주를 한참 쳐다보고 나서야 겨우 알아보는 것처럼 하더니 한숨을 쉬고 말했다.

"내 목숨이 다한 것 같소. 이제 영원히 이별인데 영양은 어디 있소?"

난양공주가 말했다.

"상공은 병이 없으신데 왜 그런 말씀을 하십니까?"

양소유가 말했다.

"어젯밤 비몽사몽간에 정 소저가 나타나 내게 약속을 저버렸다고 꾸짖으며 진주를 주기에 받아서 먹었습니다. 이는 흉한 징조지요. 눈을 감으면 정 소저가 내 앞에 서 있으니, 얼마 못 가 죽을 듯합니다. 죽기 전에 영양공주를 보고 싶소."

말을 마치지 못하고 또 정신이 흐릿해진 것처럼 어두운 곳을 향해 헛소리를 하는데 모두 정 소저에게 하는 말이었다. 난양공주가 안타까워하며 정경패를 데려와 말했다.

"영양 언니가 왔습니다. 눈을 떠 보셔요."

승상이 손을 들어 일어나려고 하니 진채봉이 부축해서 앉혔다. 양소유가 두 공주에게 말했다.

"내가 황제의 은혜를 입어 두 공주와 백년해로하기를 바랐으나 나를 데려가려는 사람이 있어 그러지 못하겠군요."

정경패가 말했다.

"승상은 이치를 아는 군자신데 어찌 이런 괴이한 말씀을 하십니까? 정 소저의 혼령이 있다고 해도 모든 신령이 궁궐을 호위하고 있는데 어떻게 사람을 해칠 수 있겠습니까?"

승상이 말했다.

"정 소저가 지금 내 곁에 있는데 어찌 없다고 하시오?"

난양이 참지 못하고 말했다.

"활 그림자를 보고 뱀인 줄 알고 놀랐다는 옛말이 있는데 승상이 그러신가 봅니다. 정 소저의 귀신이 아니라 살아 있는 정 소저가 있다면 어찌시겠습니까?"

승상은 고개만 저으며 아무 말도 하지 않았다.

영양공주가 말했다.

"승상께서는 살아 있는 정 소저를 보고 싶으십니까? 제가 바로 정경패입니다."

양소유가 말했다.

"그럴 리가 있겠소?"

난양공주가 말했다.

"우리 태후께서 정 소저를 사랑하셔서 공주에 봉하시고 저와 함께 서방님께 시집보내셨습니다. 사실입니다. 그렇지 않으면 어찌 언니의 모습과 목소리가 정 소저와 똑같겠습니까?"

양소유가 한참 동안 대답하지 않다가 말했다.

"정 사도 댁에 있을 때 소저의 여종 춘운이라는 이가 나를 시중 들어 주었소. 할 말이 있으니 춘운을 불러 주시오."

난양공주가 말했다.

"춘운도 지금 궁에 와 있으니 곧 들여보내겠습니다."

춘운이 밖에 있다가 방으로 들어와 말했다.

"상공, 몸이 좀 어떠십니까?"

양소유가 말했다.

"춘운만 남고 모두 잠깐 나가시오."

두 부인과 진 숙인이 함께 밖으로 나가 기다렸다. 양소유가 세수하고 의관을 갖추어 입은 뒤 춘운으로 하여금 세 사람을 부르게 했다. 춘운이 웃음을 머금고 세 사람에게 말했다.

"상공께서 청하십니다."

들어가 보니 양소유가 단정한 두건을 쓰고 화려한 도포를 입고 손에 백옥으로 만든 홀을 쥐고는 안석案席[*]에 기대앉아 있었다. 표정과 자세가 봄바람같이 맑고 가을 물같이 깨끗하니 조금도 병색이 없었다. 정경패는 속았음을 알고 살짝 고개를 돌리며 미소를 지었다. 난양공주가 물었다.

"병환이 좀 어떠십니까?"

양소유가 정색을 하고 대답했다.

"나는 원래 병이 없었소. 여자들이 힘을 합쳐 방자하게 남편을 속이니 병이 생겼지요."

난양공주와 진채봉이 웃음을 참느라 대답을 못하고 있자 정경패가 말했다.

"그 일은 저희가 알 바 아닙니다. 병을 고치고 싶으시면 태후마마께 여쭈어보십시오."

양소유가 참지 못하고 껄껄 웃으며 정경패에게 말했다.

"내가 다음 생에는 꼭 부인을 만나고 싶다고 간절히 빌었는데 이게 꿈이 아닙니까?"

정경패가 말했다.

"이게 다 태후마마와 황제 폐하의 성덕이요, 난양공주의 은혜입니다."

---

* 안석   벽에 세워 놓고 앉을 때 몸을 기대는 방석

그러고는 난양공주와 함께 서로 윗자리를 사양하던 이야기를 했다. 이를 들은 양소유가 난양공주에게 감사 인사를 했다.

"공주의 성대한 덕은 누구도 따를 수 없을 것입니다. 제가 은혜를 갚을 길이 없군요. 오직 백년해로하기를 바랄 뿐입니다."

난양공주가 겸손하게 말했다.

"이는 모두 언니의 덕성과 재주가 황실을 감동시킨 것입니다. 제가 무슨 공이 있겠습니까?"

이때 태후가 궁녀를 시켜 양소유를 문병했다. 진채봉이 궁녀와 함께 태후에게 가서 양소유가 했던 말을 전했다. 태후가 크게 웃으며 말했다.

"내 처음부터 그럴 줄 알았느니라."

태후가 양소유를 부르자 두 공주가 함께 갔다.

태후께서 말했다.

"듣자 하니 승상이 옛날 정 소저와의 인연을 이루었다던데 참으로 기쁘구나."

양소유가 말했다.

"성은이 크고 넓어 제 몸이 다 없어진다 해도 만분의 일도 갚기 어렵습니다."

태후가 웃으며 말했다.

"그저 즐거움을 위해 한 일이니 무슨 은혜가 있겠소? 승상이 내 딸을 버리지 않으면 그게 보답이오."

양소유가 머리를 숙이고 명을 받았다.

이날 황제가 조회를 열어 정치를 의논했다. 신하들이 아뢰었다.

"요사이 경사스러운 별이 보이고 단 이슬이 내리며 황하의 물이 맑아지고 풍년이 들었습니다. 게다가 하북의 세 절도사가 땅을 바치고 들어와 조정에 충성하니 이는 모두 황제 폐하의 성덕으로 이루신 일입니다."

황제가 겸손히 사양하며 신하들에게 공을 돌렸다. 신하들이 또 아뢰었다.

"양 승상이 황제의 사위가 된 후로 퉁소를 불어 봉황을 길들이느라 조정의 일이 많이 쌓였습니다."

황제가 껄껄 웃으며 말했다.

"태후께서 매일 불러 보시기에 나오지 못한 것이오. 이제 곧 나와 정무를 볼 것이오."

양소유는 조정에 나아가 나랏일을 보고는, 황제에게 여쭈어 휴가를 받아 모친을 모셔 오고자 했다. 황제가 허락하고 빨리 돌아오라 분부했다. 열여섯에 집을 떠나 삼사 년 사이에 위엄 있는 승상의 모습으로 고향을 찾아가 모친을 뵈니 류 부인이 기쁨의 눈물을 흘렸다. 승상이 모친을 모시고 길을 나서자 여러 도의 방백, 자사, 현령 들이 분주하게 맞이해서 따라가는데 그 영화로운 광채는 비교할 자가 없었다.

양소유가 낙양을 지나갈 때 계섬월과 적경홍을 찾으니 하인들이 말했다.

"벌써 서울로 올라간 지 오래입니다."

양소유는 뜻하지 않게 서로 길이 어긋남을 안타까워했다. 며칠 동안 더 가서 대궐에 도착해 절하니 황제와 태후가 불러 보고 금은과 비단 열 수레를 상으로 내리면서 류 부인에게 드리도록 했다.

양소유가 날짜를 가려 류 부인을 모시고 나라에서 내린 새 집으로 들어갔다. 영양공주, 난양공주, 진채봉을 데리고 가서 혼인 예물을 받들어 신부의 예로 인사를 올리게 하니 류 부인이 기뻐하는 모습은 말로 다 표현할 수 없을 지경이었다.

태후와 황제가 내린 금은으로는 사흘 동안 류 부인의 장수를 기원하는 연회를 베풀었다. 황제가 음악을 내리고 조정 안팎의 손님이 모두 모였다. 양소유가 색동옷을 입고 두 공주와 함께 차례로 일어나 옥잔을 받들어 류 부인에게 올리니 부인이 매우 즐거워하고 자리에 있던 손님들이 축하했다. 그때 문지기가 와서 아뢰었다.

"문밖에 섬월과 경홍이라는 두 여자가 와서 문안드리기를 청합니다."

양소유가 말했다.

"경홍과 섬월 두 사람이 왔구나!"

양소유가 류 부인에게 아뢰고 두 사람을 불러들였다. 그들이 마루 아래서 인사를 올리니 사람들이 말했다.

"낙양 계섬월과 하북 적경홍의 명성을 오랫동안 들었는데 과연 절색이구나! 양 승상의 풍류가 아니면 어찌 이 사람들을 오게 하겠나?"

경홍과 섬월이 나란히 일어났다. 진주로 장식한 신을 신고 비단을 깐 자리 위에 올라가 긴 소매를 너울거리며 예상우의무霓裳羽衣舞라는 춤을 추었다. 지는 꽃과 버들가지가 봄바람에 나부끼고 구름 그림자와 눈송이가 휘장 안에 맴도는 듯했다. 조비연이 다시 태어나고 동진의 미녀 녹주가 죽지 않고 돌아온 것 같으니, 류 부인과 두 공주가 이들에게 금은보석과 비단을 상으로 내렸다. 진채봉은 섬월과 옛날 일을 이야기하며 슬퍼하기도 하고 기뻐하기도 했다. 정경패는 따로 옥술잔에 술을 따라 섬월이 자신과 양소유의 혼인을 추천한 것에 감사했다.

류 부인이 양소유에게 말했다.

"섬월에게 사례를 했으면 내 사촌 동생 두 연사에게도 은혜를 갚아야지."

이에 자청관으로 사람을 보내 두 연사를 찾았으나 이미 도관을 떠난 지 삼 년이 되어 소식을 알 수 없다고 했다. 류 부인이 매우 안타까워했다.

낙유원 사냥 모임에서
봄빛을 다투고

꽃수레를 타고 놀며
경치를 구경하다

계섬월과 적경홍이 들어온 후 승상을 모시는 사람이 더 많아지자, 양소유는 각각 거처하는 곳을 정해 주었다. 가장 중심에 있는 경복당은 류 부인의 처소다. 그 앞 연희당은 영양공주의 처소고, 경복당 서쪽 봉소궁은 난양공주의 처소다. 연희당 앞의 응향각과 청하루 두 건물은 양소유가 평상시 거처하며 잔치를 여는 곳이고, 청하루 앞의 최사당과 예현당 두 건물은 손님을 맞이하고 공무를 보는 곳이다. 봉소궁 앞의 희진원은 숙인 진채봉의 처소고 연희당 동남쪽의 영춘각은 가춘운의 처소다. 청하루의 동서에 있는 누각은 푸른 창과 붉은 난간이 화려하다. 각각 산화루, 대월루라고 했는데 계섬월과 적경홍의 처소다.

궁중에서 풍류를 담당하는 기녀 팔백 명을 재주와 미모를 갖춘 이들로 골라 뽑았다. 이들을 좌우로 나누어 좌부 사백 명은 계섬월이 거느리고 우부 사백 명은 적경홍이 거느려서 춤과 노래와 악기를 가르치고, 한 달에 세 번 청하루에 모여 재주를 겨루었다. 가끔 양소유와 두 명의 부인이 류 부인을 모시고 직접 점수를 매겨 양편의 스승에게 상벌을 내렸다. 승자에게는 석 잔 술을 상으로 내리고 패자에게는 벌로 물 한 그릇을 주며 이마에 먹 한 점을 찍었는데, 이 덕분에 기예의 수준이 날로 높아졌다. 양소유와 월왕의 여성 예인藝人*들은 천하에 유명해서, 황궁에 직접 속해 있는 예인이라도 그에 미치지 못했다.

하루는 두 부인이 류 부인을 모시고 이야기를 나누는데 양소유가 손에 편지 한 통을 들고 와서 난양공주에게 주었다.

"월왕의 편지요."

난양공주가 편지를 펼쳐 읽어 내려갔다.

"얼마 전까지 나라에 일이 많고 여러 가지로 시달리다 보니 낙유원과 곤명지에 사람들 발길이 끊어졌습니다. 가무를 즐기던 곳이 이제는 거친 풀로 덮여버렸지요. 그런데 지금은 황상의 크신 덕과 승상의 노고 덕분에 천하가 태평하고 백성이 편안해 당 현종 시절같이 성대합니다. 또 봄빛이 저물지 않아 꽃과 버들이 아름다우니 낙유원에 모여 즐거움을 나누고자 합니다. 승상께서 날짜를 정해 주십시오."

난양공주가 웃으며 승상에게 물었다.

---

* 예인   여러 기예를 닦아 남에게 보이는 일을 하는 사람

"월왕 오라버니가 편지를 보낸 뜻을 아시겠습니까?"

양소유가 말했다.

"무슨 깊은 뜻이 따로 있겠소? 꽃 피는 시절에 놀고자 하는 한가로운 귀공자의 마음 아니겠소?"

난양공주가 말했다.

"승상은 잘 모르시는군요. 오라버니가 아름다운 여인과 음악을 좋아하는지라 궁중에 절세미인이 많습니다. 요새 또 총애하는 여인을 하나 두었는데 무창 출신으로 이름이 옥연이라 합니다. 제가 직접 보지는 못했으나 재주와 용모가 천하절색이라 하더군요. 제 생각에는 우리 궁중에 미인이 많다는 소문을 듣고 왕개와 석숭이 부유함을 겨룬 것처럼 대결해 보고 싶은 듯합니다."

양소유가 말했다.

"나는 다른 뜻이 있을 거라 생각하지 못했는데 공주가 월왕의 뜻을 읽어 냈군요."

정경패가 말했다.

"비록 놀이라고는 하나 남에게 져서야 되겠습니까?"

적경홍과 계섬월을 보고 말했다.

"십 년 동안 군사를 길러도 쓰는 것은 단 하루라지. 이 잔치는 오직 자네 두 사람에게 달렸으니 부디 힘써 주게."

계섬월이 말했다.

"감당하지 못하겠습니다. 월왕 궁의 음악은 천하에 유명합니다.

게다가 무창 기녀 옥연의 명성을 누가 듣지 못했겠습니까? 제가 남에게 비웃음을 당하는 건 아무 상관없지만 우리 승상 가문 전체가 모욕을 당할까 봐 참으로 두렵습니다."

양소유가 말했다.

"내가 낙양에서 계랑을 처음 만났을 때 강남의 만옥연이 청루삼절靑樓三絶*이라는 말을 들었는데 바로 그 사람인가 보오. 하지만 나는 청루삼절 가운데 두 미인을 얻었으니 남은 한 명을 어찌 두려워하겠소?"

난양공주가 말했다.

"월왕이 거느린 여인 중에 미녀가 많으니 옥연 한 명만이 아닐 겁니다."

계섬월이 말했다.

"저는 정말 승리를 장담하지 못하니 홍랑에게 물어보십시오. 제가 마음이 약한 사람이라 그 말을 들으니 목구멍이 간질간질해서 노래도 못 부르겠고 얼굴이 달아오르며 금방이라도 분가시*가 날 듯합니다."

적경홍이 화를 내며 말했다.

"계랑은 지금 진심이야, 거짓말이야? 우리 둘이 관동 칠십여 주

* 청루삼절 기녀들 중 빼어난 세 명의 미인
* 분가시 분을 발라 생기는 작은 부스럼

252

를 다니며 유명하다는 미인과 음악을 다 보았지만 남에게 진 적이 없었잖아. 그런데 왜 옥연에겐 지겠다고 하는 거야? 나라를 기울게 할 만한 미인이 있다거나 구름이 되고 비가 되는 선녀가 있다면 사양할 수 있겠지만 그게 아니라면 왜 옥연을 두려워하겠어?"

계섬월이 말했다.

"홍랑은 어찌 그리 말을 쉽게 해? 우리가 관동에 있을 때는 태수와 방백의 모임에만 가서 강적을 못 만났던 거야. 하지만 지금 월왕 전하는 하늘 같은 궁중에서 나고 자라신 분이니 눈이 얼마나 높으시겠어? 그러니 이 내기는 쉽게 여길 수 없어."

그러고는 양소유에게 말했다.

"홍랑의 약점을 제가 말씀드리지요. 홍랑이 연왕의 천리마를 훔쳐 타고 소년인 척 꾸며서 처음 승상을 따라왔을 때, 얼마나 가볍고 날렵하면 홍랑을 소년으로 보셨겠습니까? 또한 처음 승상과 함께했던 날엔 캄캄한 밤에 저인 것처럼 꾸몄으니, 사실은 저를 통해 일을 이룬 자입니다. 그래 놓고 이제 와서 도리어 저에게 큰소리를 치니 우습지 않습니까?"

적경홍이 말했다.

"계랑의 말이 지나치네요! 사람 마음을 알기가 참 어렵습니다! 제가 승상을 따르기 전에는 계랑이 저를 천상의 사람인 듯 칭송하더니 지금 와서는 너무 야단을 칩니다. 승상이 저를 싫어하지 않으시니 관심을 독차지하지 못해 질투하나 봅니다."

모든 낭자가 크게 웃었다.

정경패가 말했다.

"홍랑의 나긋함이 부족해서가 아니라 승상의 두 눈이 본래 밝지 못해서 여자인 줄 몰랐던 거야. 그러니 그게 홍랑의 약점은 아니지. 하지만 섬랑의 말도 맞아. 여자가 남장을 해서 남을 속인다면 그 여자는 분명 여인의 자태가 부족할 테고, 남자가 여장을 해서 남을 속인다면 그 남자 역시 장부의 기골이 아닐 테지."

양소유가 웃으며 말했다.

"부인이 나를 놀리고 있으나 당시엔 부인 또한 눈이 밝지 못했지요. 부인은 내 얼굴이 나약하고 곱다며 나무라지만 공신들의 초상화와 내 초상화가 나란히 걸린 능연각에서는 나무라지 않더군요."

모두들 크게 웃었다.

계섬월이 말했다.

"강한 적과 상대해야 하는데 웃고만 계실 겁니까? 저희 둘만 믿으시면 안 되니 가 유인도 데려가시지요. 월왕은 친족이시니 진 숙인도 함께 가시면 좋겠어요."

진채봉이 말했다.

"홍랑! 계랑! 여자 진사進士를 뽑는 자리라면 도움이 될 수도 있겠지만 춤과 노래를 경쟁하는 곳에 저희를 데려가 무엇에 쓰겠어요?"

가춘운도 말했다.

"춤과 노래를 못해도 저 하나 비웃음 당하는 일이면 가 보고 싶기도 합니다. 그렇지만 제가 가면 승상께서 비웃음 당하실 테고 공주마마께 근심을 끼칠 테니 저는 못 가겠습니다."

난양공주가 웃으며 말했다.

"춘랑이 가면 왜 승상께서 비웃음을 당하고 내게 근심거리가 된단 말인가?"

가춘운이 말했다.

"비단 돗자리를 펴고 구름 같은 휘장을 들어 올리며 '양 승상의 첩 가 유인이 나온다!' 하는데 제가 흐트러진 머리에 귀신 같은 얼굴로 나가면 사람들이 얼마나 놀라겠습니까. 아마 우리 승상께서 이상한 취향이 있다고 비웃을 겁니다. 월왕 전하는 황가의 사람이시니 일생 동안 추한 것을 보지 않으시다 저를 보면 놀라서 토하실 테니 공주께 근심을 끼치겠지요."

난양공주가 말했다.

"춘랑의 겸손이 지나치군! 예전에는 귀신인 척하더니 이제는 미인 서시와 같은 얼굴로 종리춘 같은 추녀인 척하고 있으니 춘랑의 말은 못 믿겠네."

그러고는 양소유에게 물었다.

"날짜를 언제로 정해 답장하시겠습니까?"

양소유가 말했다.

"내일 아침에 모이기로 하지요."

적경홍과 계섬월이 놀라며 말했다.

"두 진영의 교방敎坊*에 명을 내리겠습니다."

명이 내리니 양쪽의 예인 팔백여 명이 얼굴을 단장하고 음악을 연습하기 시작했다. 거문고 줄을 새로 매고 치마허리를 질끈 졸라 맸다. 모두의 얼굴에 남에게 지지 않으려는 결의가 단단했다.

다음 날 양소유가 일찍 일어나 군복을 입고 활과 화살을 챙긴 뒤 눈처럼 흰 천리마를 타고 군사 삼천 명과 함께 남쪽으로 향했다. 계섬월과 적경홍은 천상의 사람처럼 차려입고 날렵한 말에 오르더니 수놓은 신으로 은등자*를 밟고, 옥 같은 손에 진주 고삐를 쥐고 승상의 뒤를 따랐다. 그 뒤에 기녀 팔백 명이 화려하게 단장하고 따라갔다. 도중에 월왕을 만났는데 그 군대의 성대함과 예인들의 화려한 차림이 말로 다 표현할 수 없을 정도였다.

월왕이 양소유와 함께 말 머리를 나란히 하고 가며 물었다.

"승상께서 타신 말은 어느 땅에서 났습니까?"

"대완국에서 났습니다. 대왕께서 타신 말도 대완국 말인 듯합니다."

---

* 교방 음악과 기녀들을 담당하는 곳
* 은등자 은으로 만든 등자. 등자는 말을 타고 앉아 두 발로 디디게 되어 있는 물건이다.

월왕이 말했다.

"맞습니다. 이 말의 이름은 천리부운총입니다. 지난가을 황제를 모시고 상림원*에서 사냥할 때 말 만 필이 달렸지만 이 말을 따라오는 것은 하나도 없었습니다. 장 부마의 도화총과 이 장군의 오추마가 세상에 둘도 없는 말이라며 자랑하지만 아마 이 말에는 못 미칠 겁니다."

양소유가 말했다.

"작년 토번을 정벌할 때 사람들은 험한 길과 깊은 계곡에서 발걸음을 떼지도 못했는데 이 말은 평지를 가듯 지나갔지요. 제가 전쟁에서 공을 세울 수 있었던 것도 다 이 말 덕분이었습니다. 그런데 돌아오고 나서는 벼슬이 갑자기 높아져 날마다 편한 가마를 타고 천천히 조정에 오갈 뿐이니 사람과 말이 다 한가해서 병이 날 지경이었지요. 대왕과 함께 채찍을 들고 한번 달려 보고 싶습니다."

월왕이 매우 기뻐하며 말했다.

"제 마음도 그러합니다."

시종에게 말해 두 집의 손님과 예인들은 먼저 가서 기다리게 했다. 말에 채찍질을 하려는 순간, 갑자기 사슴 한 마리가 군사들에게 쫓겨 월왕 곁으로 뛰어들며 지나갔다. 장수들에게 활을 쏘게 했

---

* 상림원 거대한 정원. 한나라 무제 때 군사 훈련 겸 사냥을 즐기던 곳이다.

으나 하나도 맞히지 못하자 월왕이 직접 나서 말을 달리며 화살을 쏘아 사슴을 맞혔다. 장수와 병사가 모두 만세를 외쳤다.

양소유가 칭찬했다.

"대왕의 신묘한 활 솜씨는 옛날 양왕도 따르지 못할 것입니다."

월왕이 말했다.

"그렇기야 하겠습니까? 승상의 활 솜씨도 보고 싶습니다."

그때 하늘 높이 날아오르는 고니 한 쌍이 보였다. 병사들이 말했다.

"저 새는 정말 잡기 어렵습니다. 해동청*을 풀어야겠습니다."

양소유가 웃으며 말했다.

"잠시 기다려라."

양소유가 허리에서 황제가 내린 보석 박힌 활과 금으로 장식된 화살을 빼냈다. 몸을 돌려서 화살 하나로 날아가던 고니의 머리를 맞혀 말 아래로 떨어뜨렸다. 왕이 크게 칭찬했다.

"승상의 신묘한 재주는 사람이 미칠 수 있는 바가 아닙니다."

두 사람이 같이 채찍을 내리치니 두 마리 천리마가 별이 흐르는 듯, 번개가 치는 듯 쏜살같이 들판을 달려 언덕 위까지 올라갔다. 이들은 갈대밭에 나란히 서서 풍경을 바라보며 활 쏘는 법과 검법을 의논했다. 시종이 그제야 땀을 흘리며 따라와서 이들이 잡은 짐

* 해동청 사냥용 매

승의 고기를 구워 은쟁반에 담아 바쳤다. 두 사람이 말에서 내려와 수풀에 앉았다. 칼을 뽑아 고기를 베고 술을 두어 그릇 마셨다. 멀리 바라보니 붉은 옷을 입은 관원이 여러 명을 데리고 바삐 달려오고 있었다. 시종이 아뢰었다.

"황제 폐하와 태후마마께서 술을 내리셨습니다."

양소유와 월왕이 천막으로 가니 황궁과 태후궁의 태감이 와서 황색 종이로 봉한 어주御酒*를 따라 권했다. 황제가 직접 지은 시를 내려 주셨기에 머리를 숙여 네 번 절하고 술을 받아 마신 후 각각 화답하는 시를 지어 태감에게 주어 보냈다.

이윽고 두 집의 손님들이 차례로 앉고 술과 안주가 차려지기 시작했다. 낙타의 혹과 원숭이 입술이 푸른 가마솥에서 나오고, 남월의 여지와 영가의 노란 감이 옥쟁반에 그득히 쌓여 있으니 서왕모의 신선 잔치는 몰라도 인간 세계의 진귀한 음식이라면 없는 것이 없었다.

두 집안의 여성 예인 천 명이 자리에 둘러앉았다. 그 화려한 빛은 천 그루 꽃과 버들의 아름다움을 무색하게 하고, 풍악 소리는 곡강의 물을 들끓게 하며 종남산을 움직일 정도였다.

취기가 오르자 월왕이 양소유에게 말했다.

"승상의 보살핌을 입었으나 저의 마음속 정을 표할 방법이 없

* 어주 임금이 내리는 술

259

어 첩을 몇 명 데려왔습니다. 이들을 불러 노래하고 춤추며 승상의 장수를 빌게 하려 합니다."

양소유가 감사하며 말했다.

"사돈 사이의 정이니 사양하지 않겠습니다. 저의 첩들 중에서도 구경하고 싶어 따라온 이가 있으니 대왕께 인사를 드리게 하겠습니다."

적경홍, 계섬월과 월왕 궁의 네 미인이 명을 받들고 천막 안에서 나와 머리를 조아려 인사하자 각각 잔치에서 앉을 자리를 정해 주었다. 양소유가 말했다.

"옛날 영왕에게 한 미인이 있었는데 이태백이 그의 노래만 듣고 얼굴은 보지 못했다고 합니다. 하지만 저는 하루에 네 명의 선녀를 보았으니 제 소득이 이태백보다 열 배는 많습니다. 이들의 꽃다운 이름은 무엇입니까?"

네 미인이 일어나 대답했다.

"저희는 금릉의 두운선과 진주의 설교아, 무창의 만옥연, 장안의 해연연이옵니다."

양소유가 왕에게 말했다.

"제가 선비 시절 장안과 낙양에 다니면서 옥연 낭자의 명성을 듣고 천상의 사람처럼 여겼는데 지금 직접 보니 명성보다 더 훌륭합니다."

월왕도 적경홍과 계섬월 두 사람의 이름을 묻고 말했다.

"두 미인은 천하 사람이 모두 떠받드는데 승상을 따르니 주인을 얻었다고 할 만하지요. 승상은 언제 저 두 미인을 얻으셨소?"

양소유가 말했다.

"계 씨는 제가 과거 보러 가면서 낙양을 지나갈 때 따르기를 원했고 적 씨는 연나라 궁중에 있다가 제가 사신으로 갔을 때 도망쳐 나와 따라왔습니다."

월왕이 손뼉을 치며 웃고 말했다.

"홍랑의 협객다운 태도는 고관대작 양소를 떠나 젊은 선비 이정을 따른 홍불기紅拂妓보다 더 대단하군요! 다만 홍랑은 승상이 한림학사일 때 만났으니 봉황과 기린이 서로 알아보기 쉬웠겠으나 계랑은 승상이 가난한 선비일 때 만났으니 더욱 기이합니다. 대체 어떻게 만나셨습니까?"

양소유가 웃으며 말했다.

"그때 일을 말하자니 웃음이 나옵니다. 저는 먼 지방에서 나귀를 타고 오다가 시골 주점에서 탁주를 과하게 마신 후 천진의 주루에 들렀습니다. 그 누각에서는 낙양의 재주 있는 선비라는 이들 수십 명이 술을 마시며 글을 짓고 있었지요. 섬월도 그 자리에 있었습니다. 제가 헌 베옷에 비 맞은 두건을 쓰고 술기운에 그 자리에 끼었는데, 말고삐 잡은 시종들 중에도 저처럼 누추한 이는 없었습니다. 취한 상태라 주제도 잘 모르는 채 조잡한 시를 몇 구절 지었는데 섬월이 여러 시 가운데 제 시를 뽑아 노래를 불렀습니다.

자리에 있던 선비들은 이미 약속했던 게 있어 감히 섬월을 빼앗아 가지 못했지요."

왕이 크게 웃으며 말했다.

"승상의 장원 급제가 천하의 통쾌한 일이라고 생각했는데 이날의 통쾌함은 장원보다 더하군요. 그 시가 절묘할 것 같은데 들어 볼 수 있겠소?"

양소유가 말했다.

"한때 취해서 지은 시라 잊은 지 오래되었습니다."

월왕이 섬월을 돌아보고 말했다.

"승상은 기억하지 못해도 낭자는 기억할 듯한데."

섬월이 말했다.

"제가 기억하고 있습니다. 붓으로 써드리리까, 노래로 불러드리리까?"

월왕이 매우 기뻐하며 말했다.

"아름다운 사람의 소리까지 겸해 들으면 더욱 즐겁겠도다."

계섬월이 옥이 부서지는 듯한 아름다운 목소리로 양소유가 지었던 시 세 편을 차례로 노래하니 자리에 있던 모든 이가 감동해 얼굴빛이 달라졌다. 월왕이 감탄하며 말했다.

"승상의 시와 계랑의 미모와 소리는 진실로 삼절三絕*이라 할

* 삼절   세 가지 절묘한 일

262

만하오! '아름다운 여인 앞에 꽃가지도 부끄러워 가냘픈 노래 아직인데 벌써 향기 가득하다'는 구절은 계량을 그대로 그려 냈구려. 승상은 이태백과 같은 사람이라. 어찌 낙양의 평범한 선비 무리가 승상과 같기를 바랄 수 있겠소?"

금술잔에 술을 따라 계섬월을 칭찬했다.

적경홍과 계섬월이 월궁의 네 미인과 함께 맑은 노래와 묘한 춤을 손님과 주인께 바쳤다. 봉황이 쌍으로 울고 푸른 난새가 마주 보며 춤추는 듯했는데 참으로 좋은 맞수여서 조금도 어긋남이 없었다. 특히 만옥연의 미모가 적경홍, 계섬월과 견줄 만하고 나머지 세 미인은 옥연만 못해도 세상에 드문 절색인지라 서로 공경했다. 월왕도 자기 무리가 승상 쪽에 뒤지지 않음을 보고 마음속으로 기뻐했다.

술이 반쯤 취하자 잔 돌리기를 그치고 손님들과 함께 천막 밖으로 나가 무사들이 활로 짐승 쏘는 모습을 구경했다. 월왕이 말했다.

"미인이 말 타고 활 쏘는 모습은 좋은 볼거리지요. 내 궁에 있는 기생 중에 말과 활에 정통한 자가 수십 명 있습니다. 승상 쪽에도 북방 여자가 있을 테니 모두 모아 꿩을 쏘게 해 봅시다."

양소유도 좋다 하면서 활쏘기에 능한 자 스무 명을 뽑아 재주를 겨루게 했다. 그때 적경홍이 양소유에게 아뢰었다.

"제가 활쏘기를 배우지는 못했으나 다른 사람들이 하는 모습을 보았으니 시험 삼아 쏘아 보겠습니다."

양소유가 활과 화살을 풀어 주니 적경홍이 여성들을 돌아보고 말했다.

"맞히지 못해도 웃지 말아 주시오."

날아갈 듯 말에 올라 천막 앞을 다니는데 꿩 한 마리가 개에게 쫓겨 높이 날아올랐다. 적경홍이 가는 허리를 돌려 활시위를 당기자 꿩에 명중해 아름다운 오색 깃털이 공중에서 떨어지니 양소유와 월왕이 껄껄 웃었다. 적경홍이 다시 말을 달려 천막 앞에 와서 내렸다. 남자처럼 절을 하고 활과 화살을 도로 바쳤다. 조용히 자리로 돌아가니 모든 낭자가 칭찬하고 축하해 주었다.

이때 사냥한 짐승들이 구름처럼 쌓였고 여성들이 말을 타고 활을 쏘아 잡은 꿩과 토끼도 많았다. 월왕과 양소유는 공에 따라 등급을 매겨 금과 비단을 상으로 주었다. 그리고 다시 천막 안으로 들어와 풍악을 그치게 하고 여섯 미인으로 하여금 관현 곡조를 번갈아 타게 하며 술잔을 나누었다. 계섬월이 생각했다.

'우리 두 사람이 월궁 미녀들에게 지지는 않겠지만, 저쪽은 네 명인데 우리는 두 명뿐이라 좀 외롭구나. 춘랑을 데려오지 못해 안타깝네. 노래와 춤은 못하더라도 얼굴과 말로 압도했을 텐데.'

그때 문득 건너편 거리에서 두 사람이 떨어진 꽃과 수풀 사이로 푸른 꽃수레를 몰고 가까이 오는 모습이 보였다. 문지기가 물으니 수레를 몰고 온 하인이 말했다.

"양 승상의 첩이 오셨습니다. 사정이 있어 함께 오지 못하고 이제 오셨다 합니다."

천막에 있던 양소유에게 아뢰니 양소유가 생각했다.

'춘운이 구경하러 왔구나. 그런데 차림이 어찌 이리 간소할까?'

불러들이게 하니 수레가 천막 앞에 왔다. 구슬발을 걷고 두 여인이 나오는데, 앞에 있는 이는 심요연이었고 뒤에 있는 이는 꿈속에서 만났던 동정 용왕의 딸이었다. 두 여인이 양소유 앞에 나아가 머리를 숙이고 인사하자 양소유가 월왕을 가리키며 말했다.

"이분은 월왕 전하시니 예를 갖추어 인사드리시오."

예를 마치자 자리를 정해 주어 적경홍, 계섬월과 함께 앉게 하고 말했다.

"이 두 사람은 토번을 칠 때 얻었던 첩입니다. 미처 집에 데려오지 못했는데 제가 대왕을 모시고 즐기고 있다는 소식을 듣고 구경하러 왔나 봅니다."

월왕이 두 사람을 보니 용모의 수려함이 적경홍, 계섬월과 비슷한데 기상은 더 뛰어나 보였다. 월왕은 매우 감탄하는 눈으로 이들을 바라보았고 월왕 편의 미인들은 이들의 분위기에 압도당해 기가 꺾였다.

월왕이 물었다.

"두 미인의 이름은 무엇인가? 어느 지역 사람인가?"

두 사람이 대답했다.

"저는 심요연입니다. 서양주 출신입니다."

"저는 백능파白凌波입니다. 집은 동정호와 소상강 사이인데 재난을 만나 서쪽 변경에 가서 살다가 승상을 따라왔습니다."

월왕이 말했다.

"두 낭자의 모습이 실로 천상의 사람이구나. 할 줄 아는 풍악이 있는가?"

심요연이 대답했다.

"저는 변방 사람이라 악기와 풍류를 접한 적이 없으니 무엇으로 대왕을 즐겁게 해드릴지요? 어릴 때 부질없이 배운 검무가 있으나, 이는 군대의 유희라 귀한 분께서 보시기에 마땅치 않을 듯합니다."

왕이 기뻐하며 양소유에게 말했다.

"당 현종 때 공손대랑이라는 기생의 검무가 천하에 유명했지요. 지금은 전하지 않아 두보가 공손대랑을 노래한 시를 읊을 때면 늘 그 검무를 보지 못한 것을 한탄했습니다. 그런데 이 낭자가 검무를 한다니 반갑기 그지없소."

월왕과 양소유가 각각 허리에 찬 보검을 풀어 심요연에게 주었다. 심요연이 소매를 걷고 허리띠를 푼 뒤 비단 자리 위에서 한 곡조 춤을 추니, 붉은 소매 장식과 흰 태양이 서로 빛을 발해 삼월의 눈이 복사꽃 숲에 뿌리는 듯했다. 점점 춤이 빨라지더니 검에서 뿜는 빛은 천막 안에 가득한데 검무를 추는 사람은 보이지 않았다. 곧 흰 무지개가 하늘에 걸리면서 찬바람이 천막을 찢는 듯했다. 자리에 있던 사람들은 모두 뼈가 시리고 머리카락이 쭈뼛 솟았다. 심요연은 자기의 재주를 다 보이면 왕이 놀랄까 싶어 보검을 땅에 던지고 머리 숙여 절한 후 뒤로 물러났다.

월왕이 비로소 정신을 차리고 심요연에게 물었다.

"사람의 검무가 어찌 이 경지에 이를 수 있는가? 신선 중에 검술을 하는 이가 있다고 하던데 낭자가 그 사람인가?"

심요연이 말했다.

"서쪽 변방의 풍속은 무기로 유희를 삼습니다. 어린 시절부터 보고 익혔을 뿐이지 무슨 도술이 있겠습니까?"

월왕이 말했다.

"내가 돌아가서 궁녀 중에 몸이 가볍고 춤을 잘 추며 총명한 여자를 뽑아 보낼 테니 낭자가 부디 잘 가르쳐 달라."

심요연이 말했다.

"삼가 분부대로 하겠습니다."

월왕이 또 백능파에게 말했다.

"낭자는 무슨 재주를 가졌는가?"

백능파가 대답했다.

"저의 집은 옛날 아황娥皇과 여영女英*이 노닐던 곳입니다. 바람이 맑고 달 밝은 밤이면 지금도 음악 소리가 구름과 물 사이에

서 들려오지요. 제가 어려서부터 그 소리를 흉내 내며 혼자 즐기곤 했는데 대왕께서 들으실 만할지 모르겠습니다."

월왕이 말했다.

"내가 책에서 아황과 여영의 혼령이 거문고를 탄다는 이야기를 보긴 했지만 그 곡조가 정말 전해지는 줄은 몰랐다. 낭자가 연주해 준다면 어찌 거문고 명인이라 하지 않겠나?"

백능파가 수레에서 이십오현금을 꺼내 한 곡조 탔다. 소리가 서글프고 원통하며 맑고 처절하니 협곡에 물이 떨어지고 가을 기러기가 울부짖는 듯했다. 모여 앉은 사람들이 모두 근심에 잠기며 슬픈 기색을 띠는데, 문득 깊은 숲속에 바람이 쏴아 불며 가을 소리가 나고 낙엽이 어지럽게 떨어졌다. 월왕이 기이하게 여기며 말했다.

"인간의 곡조가 천지의 조화를 바꿀 수 있다는 것을 어찌 믿겠는가? 낭자는 세상 사람이 아닌 모양이다. 이 곡조를 세상 사람이 배울 수 있겠는가?"

백능파가 대답했다.

"저는 전해 오는 음악을 연주한 것뿐이니 기이한 일은 아닙니다. 누구라도 배울 수 있습니다."

---

*　아황과 여영　순임금의 두 부인. 순임금이 죽자 상강 근처에서 울다가 강에 뛰어들어 죽었다.

문득 만옥연이 나아와 월왕에게 아뢰었다.

"제가 비록 재주는 없으나 제가 가진 악기로 백 낭자의 연주곡을 그대로 따라 해 보겠습니다."

만옥연이 쟁을 안고 십삼현으로 이십오현금이 냈던 곡조를 하나하나 옮기는데, 손 쓰는 법이 정확하고 부드러우며 곡조가 똑같았다. 백능파가 놀라 말했다.

"이 낭자의 총명함은 채문희도 따르지 못하겠습니다!"

양소유와 적경홍과 계섬월이 모두 칭찬해 마지않았고, 월왕이 가장 기뻐했다.

부마가 벌로 금술잔의
술을 마시고

황제는 은혜를 베풀어
취미궁을 빌려주다

이날 낙유원 잔치에 심요연과 백능파가 뒤늦게 와서 주인과 손님들의 즐거움을 더해 주니 다들 흥겨워했다. 날이 어두워져 잔치를 마치면서 두 집에서 각각 금은과 비단을 상으로 내렸다. 진주가 몇 섬이나 되고 쌓인 비단이 언덕에 가득했다.

월왕과 승상이 말에 올라 달빛을 받으며 성문 안으로 들어갔다. 두 집의 여성 예인들이 줄지어 뒤를 따르니 그들의 장신구 울리는 소리가 흐르는 물 같고 향기로운 바람이 십 리에 끊이지 않았다. 길 위에 떨어진 비녀와 부서진 진주가 말발굽에 밟히는 소리가 났다. 사람들이 모두 집을 비우고 이를 구경하러 나와 거리를 가득 메웠다. 백 살 먹은 노인이 눈물을 흘리며 말했다.

"내 어릴 적 현종 황제가 화청궁에 행차하실 때 보았던 것과 똑같구나. 늙어서 다시 이런 태평성대를 보게 될 줄은 몰랐다."

이때 두 부인은 낭자들과 함께 류 부인을 모시고 양소유가 돌아오기를 기다렸다. 양소유가 심요연과 백능파를 데려와 류 부인과 두 부인에게 인사 시키자 정경패가 말했다.

"승상께서는 두 낭자가 승상의 위기를 넘기게 해 주었으며 나라에 공이 있다고 늘 말씀하셨습니다. 만나 보기를 바라고 있었는데 어찌 이리 늦게 오셨습니까?"

심요연과 백능파가 대답했다.

"저희는 서울에서 멀리 떨어진 땅에 사는 사람들입니다. 승상께 은혜를 입었으나 부인들이 좋지 않게 여기실까 봐 오랫동안 주저했습니다. 그런데 서울에 도착해 사람들 이야기를 들으니 부인의 훌륭한 덕을 칭송하지 않는 이가 없었습니다. 그제야 찾아뵐 생각을 하게 되었는데 마침 승상께서 교외에 나가신다는 말을 듣고 잔치에 참석했습니다."

난양공주가 승상을 보고 웃으며 말했다.

"우리 궁중에 미인이 이렇게나 많으니 상공은 당신의 풍채를 따라왔다고 여기시겠지요? 하지만 실은 우리 자매의 공이라는 걸 아셔야 합니다."

양소유가 껄껄 웃으며 말했다.

"귀인이 칭찬을 좋아한다는 말은 사실이구려. 저 두 사람은 이제 막 새로 왔기에 공주들의 위엄이 두려워 아첨하는 겁니다."

모두 큰 소리로 웃었다.

정경패가 계섬월과 적경홍에게 물었다.

"오늘 승부는 어떻게 되었는가?"

계섬월이 답했다.

"간신히 지지는 않은 듯합니다."

적경홍이 말했다.

"계랑은 제가 너무 큰소리친다고 했지만, 저는 화살 하나로 월궁 사람들의 기운을 뺐습니다. 제 말이 허튼 말인지 계랑에게 물어보셔요."

계섬월이 말했다.

"홍랑의 말타기와 활쏘기는 기특하지만 사실 월궁 사람들 기운이 빠진 건 새로 오신 두 낭자의 선녀 같은 모습 덕분이지요. 어찌 홍랑의 공이겠습니까?

내가 홍랑에게 옛일을 하나 말해 주겠어. 춘추 시대에 못생긴 남자로 유명한 가대부가 있었는데 그 아내는 혼인한 지 삼 년이 다 되도록 웃지 않았지. 그러나 가대부가 같이 들에 나갔을 때 활로 꿩을 쏘아 잡자 처음으로 웃었어. 이번에 홍랑이 꿩을 쏘아 맞힌 것이 가대부와 같은 경우 아닐까?"

적경홍이 말했다.

"못생긴 가대부가 활쏘기로 아내를 웃게 했으니 잘생긴 남자가 꿩을 쏘아 맞혔다면 사람들이 그를 더욱 사랑하지 않았겠어?"

계섬월이 말했다.

"홍랑의 자기 자랑이 갈수록 심합니다. 이게 다 승상께서 홍랑을 교만하게 만드셨기 때문입니다."

양소유가 웃으며 말했다.

"계랑이 재주 많음은 알고 있었지만 경서의 지식도 잘 아는 줄은 몰랐소. 가대부 이야기는 《춘추좌전春秋左傳》에 나오지. 언제 공부했소?"

계섬월이 말했다.

"한가할 때 진 숙인의 처소에 가서 읽었습니다."

다음 날 양소유가 조정에서 물러나 집에 돌아가려는데 태후가 승상과 월왕을 불렀다. 두 사람이 들어가니 영양공주와 난양공주가 이미 부름을 받고 와 있었다. 태후가 물었다.

"어제 승상과 내기를 했다고 딸들이 이야기하던데 누가 이겼는가?"

월왕이 웃으며 아뢰었다.

"매부의 복은 사람이 대적할 바가 아니었습니다. 다만 이러한 승상의 복이 누이에게 복이 되는지 아닌지 승상에게 물어보십시오."

양소유가 말했다.

"월왕이 저에게 졌다는 말은 이태백이 다른 시인에게 졌다는 말과 똑같습니다. 공주에게 복이 될지 아닐지는 공주에게 물어보시지요."

태후가 두 공주를 돌아보니 난양이 대답했다.

"부부는 한 몸이니 영예와 치욕, 괴로움과 즐거움이 같지요. 그러니 승상에게 복이 된다면 저희에게도 복입니다."

월왕이 말했다.

"누이의 말이 좋지만 진심은 아닙니다. 예로부터 부마 양 승상처럼 방자한 자가 없으니 이 또한 나라의 기강에 관계된 일입니다. 양소유를 관청에 넘겨 조정을 두려워하지 않은 죄를 다스리시옵소서."

태후가 큰 소리로 웃으며 말했다.

"양 부마가 잘못했으나 법으로 다스리면 내 딸들이 근심할 테니 법을 거두어야 할 듯하다."

월왕이 말했다.

"그렇지만 양소유를 어전에서 문초하고 그 대답을 들은 뒤에 정하십시오."

태후가 그 말에 따라 심문을 시작했다.

"옛날 부마들이 첩을 두지 못했던 것은 조정을 공경했기 때문이다. 더구나 영양과 난양 두 공주는 아름다움이 선녀 같은데 양소유는 부인들을 존중해 받들 생각은 안 하고 미인을 계속 찾아 모으고 있으니 신하의 도리에 어긋난다. 숨기지 말고 바른대로 아뢰어라."

양소유가 사죄하는 뜻으로 머리에 쓴 관을 벗고 아뢰었다.

"제가 나라의 은혜를 입어 벼슬이 승상에 이르렀으나 아직 나이가 어려, 젊은이의 놀고 싶은 마음을 버리지 못하고 집안에 풍류하는 사람들을 약간 두었습니다. 황공하며 처벌을 기다립니다. 다만 나라의 법률을 보니 명이 있기 전에 사건이 있으면 따지지 않는다 했습니다. 제 집에 비록 여러 사람이 있으나 진 숙인은 황제께서 정해 주신 혼인이니 논의에 들지 않습니다. 첩 계 씨는 제가 벼슬하기 전에 얻은 사람이고, 첩 가 씨, 적 씨, 심 씨, 백 씨 모두 부마가 되기 전에 저를 따랐습니다. 그 후 함께 지낸 것도 다 공주의 권유를 따른 것이지 제 마음대로 한 일은 아닙니다."

태후가 용서하라고 하자 월왕이 말했다.

"공주가 권했다 해도 양소유가 첩을 여럿이나 집에 두는 것은 마땅치 않습니다. 다시 문초해 주시옵소서."

양소유가 황급히 머리를 조아리고 아뢰었다.

"제 죄는 죽어 마땅하지만 예로부터 죄 지은 사람도 공로를 보아서 처벌을 논했습니다. 제가 황제께 임무를 받아 동쪽 하북의 세 지역을 항복시키고 서쪽의 토번을 평정했으니 공이 작지 않습니다. 이 일로 속죄하고자 하옵니다."

태후께서 크게 웃으며,

"양 승상은 조정을 지킨 신하이니 내가 어찌 사위로만 대우하겠소?" 하고는 다시 관을 쓰게 했다.

월왕이 말했다.

"승상이 큰 공을 세웠으니 벌하지 못한다 해도 그냥 용서할 수는 없습니다. 벌주를 내려야지요."

태후가 웃으며 허락하시니 궁녀가 옥잔을 받들어 왔다.

월왕이 말했다.

"승상의 주량이 고래와 같은데 작은 잔으로 어찌 벌할 수 있겠느냐?"

월왕은 한 말이 들어가는 황금 술잔에 술을 가득 따라 벌하라고 친히 지시했다. 양소유가 네 번 절하고 술잔을 받아 한 번에 다 마셨다. 비록 주량이 크지만 술 한 말을 급하게 먹으니 어찌 취하지 않겠는가?

양소유가 술잔을 내려놓고 아뢰었다.

"견우는 직녀를 몹시 사랑해 장인이 귀양 보냈고, 저는 집에 첩을 두어 장모가 벌하시니 황실의 사위 되기가 어렵습니다. 제가 크게 취했으니 물러가겠습니다."

양소유가 일어나다 거꾸러지자 태후가 크게 웃고 궁녀로 하여금 부축해서 내보내게 한 뒤 두 공주에게 말했다.

"양랑이 술에 시달려 기운이 편하지 못할 게다. 너희가 가서 옷을 벗기고 차를 올리도록 해라."

두 공주가 웃으며 말했다.

"저희가 아니라도 옷 벗겨 줄 사람은 부족하지 않습니다."

태후가 말했다.

"그래도 부녀자의 도리를 차려야 한다."

두 공주가 승상을 따라 집으로 갔다. 이때 류 부인이 마루에 등불을 켜고 기다리다가 양소유가 만취해서 돌아온 것을 보고 물었다.

"오늘은 어찌 이렇게 취했느냐?"

양소유가 취한 눈으로 난양공주를 한참 쳐다보다 대답했다.

"공주의 오빠가 저의 죄를 억지로 만들어 태후께 아뢰니, 태후께서 진노하시어 사태가 심각했습니다. 제가 말을 잘해서 겨우 풀려났지요. 그래도 월왕이 저를 괘씸히 여겨 태후께 권해 독주를 마시게 해서 거의 죽을 뻔했습니다. 이는 월왕이 미인 겨루기에서 이기지 못한 데 유감을 품고 저에게 보복한 것입니다. 또 난양이 저의 첩들을 투기해 월왕과 공모해서 저를 곤란하게 만든 것이기도 하니 전에 했던 어진 말을 어찌 믿을 수 있겠습니까? 어머니께서 난양에게 벌주를 먹여 소자의 분을 풀어 주시길 청합니다."

류 부인이 웃으며 말했다.

"난양의 죄가 분명하지 않고 본래 술을 마시지 못하니 술 대신 차를 먹여야겠다."

양소유가 말했다.

"꼭 술로 벌을 주고 싶습니다."

류 부인이 난양에게,

"공주가 벌주를 마시지 않으면 취객이 화를 풀지 못하겠소" 하고는 시녀를 시켜 난양에게 벌주를 보냈다.

난양이 받아 마시려 하는데 갑자기 양소유가 잔을 빼앗아 먹어보려 하자 난양이 급히 땅에 버렸다. 양소유가 잔에 남은 술을 맛보니 설탕물이었다. 좋은 술을 가져오라 명해 직접 한 잔을 따라 난양공주에게 주니 마지못해 받아 마셨다.

양소유가 또 류 부인께 말했다.

"제가 벌을 받은 것은 난양의 계책이지만 정 씨도 옆에서 조금 참여한 것이 분명합니다. 태후 앞에서 제 고생을 보며 난양과 눈길을 주고받고 웃었으니 그 속마음을 알 수 없지요. 벌을 내려 주십시오."

류 부인이 웃으며 정경패에게 술 한 잔을 보내니 정경패가 예를 갖추어 자리를 옮긴 뒤 술잔을 받아 마시고 돌아왔다. 류 부인이 말했다.

"태후께서 소유가 첩을 둔 일을 벌하셨다. 이 때문에 정실부인 두 사람이 모두 벌주를 마셨으니 어찌 첩들이 편안히 있을 수 있겠느냐? 경홍, 섬월, 요연, 능파 모두에게 한 잔씩 벌주를 내리겠다."

네 사람이 무릎을 꿇고 술을 받아 마셨다. 계섬월과 적경홍이 류 부인께 말했다.

"태후께서 승상을 벌하심은 첩을 둔 일을 질책하신 것이지 낙유원 잔치 때문이 아닙니다. 요연과 능파, 두 사람은 아직 이부자리에 앉지 못해 부끄러워 낯을 들지 못하는데 저희와 같이 벌주를 마셨습니다. 그러나 가 유인은 그토록 오래 승상을 모시며 큰 총애를 받았으면서도 낙유원에 가지 않았다고 벌을 면하니 저희들 마음이 불편합니다."

류 부인이 옳게 여겨 큰 잔으로 춘운에게 벌주를 내리니 춘운이 웃음을 머금고 마셨다. 이렇게 모든 사람이 벌주를 마셔 어수선해지고 난양공주는 술에 시달려 괴로워하는데 오직 진채봉만 그저 단정하게 앉아 있었다.

양소유가 말했다.

"진 씨가 혼자만 고고하게 앉아 남들의 흠을 쳐다보고 있으니 벌주를 내려야겠소."

술 한 잔을 보내니 진채봉이 웃으며 마셨다. 류 부인이 말했다.

"공주의 기운이 어떠한고?"

난양공주가 대답했다.

"두통이 심하옵니다."

류 부인이 진채봉으로 하여금 공주를 부축해 침실로 데려가게 했다. 그리고 가춘운에게 술을 따라 오라 해서 술잔을 들고 말했다.

"나의 두 며느리는 천상의 신선이라 내가 늘 복을 잃을까 두려웠는데, 소유가 미치광이처럼 주정을 부려 난양의 몸을 불편하게 만들었다. 태후께서 들으시면 분명 크게 근심하시리라. 신하로서 임금께 근심을 끼치는 것은 무거운 죄다. 이 잔으로 나 자신을 벌하겠다."

류 부인이 술을 다 마시자 양소유가 황공해서 무릎을 꿇고 말했다.

"어머니께서 스스로 벌을 받아 저를 가르치시니 아들의 죄가 큽니다."

적경홍에게 큰 그릇에 술을 따라 오라고 한 뒤 일어나 절하고 말했다.

"제가 어머니의 가르침을 따르지 못했으니 벌주를 마시겠습니다."

다 들이켜고는 만취해서 똑바로 앉아 있을 수가 없자 자신의 처소로 가려고 했다. 정경패가 가춘운에게 부축해 가라고 하자 춘운이 말했다.

"감히 제가 갈 수 없습니다. 계랑과 홍랑에게 야단을 맞습니다."

계섬월과 적경홍에게 가라고 하자 섬월이 말했다.

"춘랑이 제가 한 말 때문에 가지 않겠다니 저는 더욱 갈 수 없습니다."

경홍이 웃고 일어나 양소유를 부축해 가니 다른 낭자도 각각 흩어졌다.

양소유는 심요연과 백능파가 산과 물을 좋아하니 화원 안에 그들의 거처를 정해 주었다. 맑은 연못이 강처럼 넓고 그 속에 화려한 누각이 있어 영일루라 하고 백능파의 처소로 했다. 연못 북쪽에는 작은 산을 꾸며 수많은 옥으로 장식하고 노송과 대나무가 우거진 곳 속에 빙설헌이라는 정자를 두어 심요연의 거처로 했다. 부인들이 화원에서 놀 때는 이 두 사람이 주인이 되었다.

여러 부인이 백능파에게 조용히 물었다.

"낭자의 신통한 변화를 볼 수 있을지요?"

백능파가 대답했다.

"그건 용왕의 딸로 있을 적의 일입니다. 제가 천지조화 덕에 사람의 몸을 얻을 때 벗은 허물과 비늘이 산처럼 쌓였습니다. 참새가 조개로 변한 뒤 다시 날갯짓할 수 없는 것과 마찬가지지요."

심요연은 류 부인과 양소유 앞에서 이따금 검무를 추어 즐겁게 했으나 자주 하지는 않았는데 그 이유를 이렇게 말했다.

"검술 덕택에 승상을 만났지만 살벌한 춤은 평상시 보시기에 적당하지 않습니다."

그 뒤로 두 부인과 여섯 낭자가 손발처럼 친하게 지냈고 승상의 따뜻한 정도 많고 적음 없이 한결같았다. 모든 이의 성품이 아름다워서였는데 실은 원래부터 아홉 사람이 남악 형산에서 왔기 때문이다.

하루는 두 부인이 의논해서 말했다.

"옛날에는 여러 자매가 한 나라로 시집가서 처도 되고 첩도 되었는데 우리 이처 육첩이 각자 성씨는 다르지만 형제자매라고 불러야 하지 않겠나."

여섯 낭자가 감히 그럴 수 없다 했고 가춘운, 적경홍, 계섬월은 더욱 강하게 사양했다. 그러자 정경패가 말했다.

"유비, 관우, 장비는 임금과 신하 사이였지만 형제의 의리를 저버리지 않았어. 나와 춘랑은 어릴 때부터 벗이니 어찌 형제가 되지 못하겠는가? 부처님의 아내 야수부인과 창녀였던 등가녀도 나중에는 모두 같은 승려가 되어 부처님의 제자가 되고 깨달음을 얻었으니 애초의 신분이 무슨 상관이겠는가?"

두 부인이 여섯 낭자를 데리고 관음보살상 앞으로 나아가 향을 피우고 말했다.

"제자 정경패, 이소화, 진채봉, 가춘운, 계섬월, 적경홍, 심요연, 백능파는 남해대사께 아뢰옵니다. 저희는 각각 다른 곳에서 나고 자랐으나 한 사람을 남편으로 맞아 마음을 합하고 하나가 되었습니다. 비유하자면 한 나무에서 핀 꽃이 바람에 날려 궁궐과 규방, 시골집과 거리, 변방과 강호에 떨어졌던 것이니 그 근본을 따지면 무엇이 다르겠습니까? 오늘부터 형제가 되어 삶과 죽음, 기쁨과 즐거움을 함께하자고 맹세합니다. 혹시 다른 마음을 품는다면 하늘과 땅이 용서하지 않을 것입니다. 바라건대 남해대사께서는 복을 주시고 화를 없애 백 년 뒤에 함께 극락으로 갈 수 있게 해 주십시오."

이후 아래 여섯 명은 각자 분수를 지켜 감히 형제라 부르지 못

했지만 두 부인은 항상 이들을 자매라 부르며 사랑하는 마음이 더욱 극진했다. 여덟 사람이 각각 자녀를 두었는데 두 부인과 가춘운, 심요연, 적경홍, 계섬월은 아들을 두었고 진채봉과 백능파는 딸을 두었다. 모두 한 번 아기를 낳은 후에는 더 잉태하지 않으니 이 또한 보통 사람들과 달랐다.

천하가 태평해 조정에 큰일이 없었다. 양소유는 조정에 나가면 황제를 모시고 상림원에서 사냥을 즐겼고 집에 오면 류 부인을 모시고 잔치를 베풀었다. 춤추는 소매에 세월이 흐르고 풍악 소리가 세월을 재촉해 양소유가 승상의 지위에 오른 지도 수십 년이 지났다.

류 부인과 정 사도 부부가 함께 돌아가시고 승상의 모든 아들이 조정에 나가 벼슬을 했다. 육남 이녀가 모두 부모의 풍채를 물려받아 빼어난 재능과 맑은 성품으로 가문을 빛냈다. 장남은 정경패의 아들 대경으로 예부상서가 되었다. 차남은 적경홍의 아들 차경으로 경조윤이 되었다. 삼남은 가춘운의 아들 숙경으로 어사중승이 되었다. 사남은 난양공주의 아들 계경으로 이부시랑이 되었다. 오남은 계섬월의 아들 유경으로 한림학사가 되었다. 육남은 심요연의 아들 치경으로 십오 세에 힘과 지혜가 뛰어나 황제가 그를 장군으로 삼고 십만 군사를 주어 궁을 지키게 했다. 장녀 전단은 진채봉의 딸로 월왕의 아들 낭야왕의 부인이 되었다. 차녀 영락은 백능파의 딸이니 동정 용왕의 외손녀로 황태자의 첩이 되었다.

양소유는 작은 가문의 일개 선비였다가 자기를 알아주는 군주를 만나 문무의 능력을 발휘해 전쟁을 진정시키고 태평을 이루었다. 곽분양과 같은 부귀공명을 누렸으나 곽분양은 육십 세에 승상이 되었고 양소유는 이십 세에 승상이 되었으니 승상의 지위에 있던 시간이 그를 능가했다. 또 임금과 신하가 함께 태평을 누렸으니 그 복의 완전함이 천고千古에 없던 일이었다.

양소유는 자신이 승상 자리에 있은 지 오래되고 가문의 번영이 지나치다 생각해 벼슬을 그만두고 물러나겠다는 상소를 올렸다. 황제가 직접 답을 내리셨다.

"경의 큰 공적이 세상을 덮었고 그 덕이 백성에게 가득하니 국가가 의지하고 과인이 우러러보고 있소. 옛날 강태공은 백 살의 나이에도 성왕의 나랏일을 도왔는데 경은 지금 노쇠하지 않았소. 골격이 한나라 재상 장량처럼 보통 사람과 다르고 천상의 신선 같은 풍채가 그대로요. 마땅히 세상을 요순시대에 이르게 해야 하니 사직을 허락할 수 없소."

양소유는 본래 불가의 높은 제자였고 여러 낭자도 남악 형산의 선녀여서 가진 기운이 특별했다. 또한 양소유는 남전산 도인에게 특별한 비법을 전수받아서 나이가 많아도 아홉 사람의 외모는 점점 젊어졌다. 사람들이 신선이 아닐까 의심했기에 황제의 답에 그런 내용이 있었다.

양소유가 상소를 열 번이나 더 올리며 간절하게 청하니 황제가 불러 말했다.

"경의 뜻이 이러하다면 받아 주지 않을 수 없겠소. 그러나 경에게 내린 땅은 서울에서 천 리나 떨어져 있어 나라의 큰일을 의논할 수 없고, 태후께서 세상을 뜨신 후로는 난양과 떨어지기가 더욱 어렵소. 도성 남쪽 사십 리쯤에 취미궁이라는 별궁이 있는데 옛날 현종 황제께서 더위를 피하시던 곳이오. 이곳이 늘그막에 지내기 매우 좋으니 경에게 주어 거처하게 하겠소."

마침내 황제가 조서를 내렸다.

양소유에게 태사 벼슬을 내리고 땅 오천 호를 더한다. 승상의 지위는 거둔다.

양 승상이 산에 올라
멀리 바라보고

성진 스님은 근원으로
돌아가도다

양소유가 황제의 은혜에 감격해 머리를 숙이고 감사 인사를 올렸다. 온 가족을 데리고 취미궁으로 집을 옮겨 갔다. 이 궁은 종남산 한가운데 있었다. 웅장하고 화려한 누대와 기묘하고 빼어난 경치가 선계에 있다는 봉래산 풍경이었다. 왕유의 시에 "신선들이 사는 집도 이보다 나을 수 없겠구나"라는 구절이 있는데 이와 같았다.

양소유는 황제가 조회하던 궁전을 비워 그곳에 황제의 조서와 시, 문장을 모시고 나머지 누각과 정자에 여덟 처첩이 나누어 거처하게 했다. 낭자들은 매일 양소유와 함께 물가에서 매화를 감상하고 구름 속 절벽에 시를 쓰며 거문고를 타서 바람 소리에 화답했다. 모든 사람이 이들의 맑고 향기로운 복을 부러워했다.

이렇게 몇 해가 지난 후 팔월 이십일 양소유의 생일이 돌아왔다. 자녀가 모두 모여 열흘 동안 잔치를 열었는데 그 화려함과 성대함은 이전에 본 적이 없는 것이었다. 잔치가 끝나고 자녀들이 다 돌아간 뒤 아름다운 가을이 찾아왔다. 국화꽃이 노랗게 피고 수유 열매가 붉게 물드는 구월 구일, 양소유는 두 부인과 여섯 낭자를 데리고 취미궁 서쪽에 있는 높은 누각에 올랐다. 팔백 리에 이르는 주변 고을의 절경이 내려다보여 소유가 가장 사랑하는 곳이었다. 귀한 음식도 좋은 음악도 싫도록 즐겨서 다만 가춘운에게 과일 그릇을, 계섬월에게 옥술병을 가져오게 했다. 처첩들이 차례로 술병에 든 국화주를 한 잔씩 따라 양소유에게 올렸다.

이윽고 저녁이 되자 해가 천천히 지면서 구름 그림자가 드리우기 시작했다. 눈을 들어 보니 가을빛이 아득했다. 양소유가 문득 옥통소를 들어 두어 곡 연주하는데 그 소리가 흐느끼는 듯, 원망하는 듯, 하소연하는 듯, 그리워하는 듯했다. 자객 형가가 진시황을 암살하러 떠나며 친구 고점리와 작별할 때처럼 비장했고, 초나라 항우가 한나라 군대에 포위되었을 때 마지막 잔치를 베풀며 사랑하는 여인 우희를 돌아보는 듯 처연했다. 두 부인이 물었다.

"승상은 이미 공명을 이루고 부귀가 지극하니 모든 이가 부러워합니다. 좋은 계절에 아름다운 풍경을 즐기며, 향기로운 술과 사랑하는 이들이 함께 있지요. 인생의 즐거움이 가득한데 어찌 통소 소리가 슬픈지요? 오늘 통소 소리는 전과 매우 다르게 들립니다."

양소유가 통소를 내려놓고 여덟 처첩을 부르더니 난간에 기댄 채 손을 들어 가리키며 말했다.

"북쪽을 바라보면 진시황의 아방궁이 있소. 넓은 들판, 무너진 언덕에 노을빛이 시든 풀을 비추고 있지요. 서쪽을 보면 한 무제의 무릉이 있소. 차디찬 숲에 슬픈 바람이 불고 저녁 구름이 빈산을 덮었지요. 동쪽을 바라보면 당 현종과 양귀비의 화청궁이 있소. 석회 바른 성벽을 쌓아 푸른 산을 둘렀고 붉은 지붕이 하늘 높이 솟았지만 이제는 사람 하나 없습니다. 이 세 황제는 천하의 영웅으로 온 세상을 집 삼고 수많은 첩을 두었으며 눈부신 공적을 이룬 분들이오. 그러나 지금은 모두 어디에 있소?

나는 회남 지방에서 온 가난한 선비였으나 황제의 은혜로 벼슬이 재상에 이르렀습니다. 그동안 낭자들과 백 년을 하루같이 정을 나누었으니 이는 전생의 인연이라 하겠습니다. 그런데 인연이 다하면 돌아가는 것이 사람의 운명입니다. 우리도 백 년이 지나 높은 누각이 사라지고 연못이 메워지고 노래하며 춤추던 곳이 황폐한 땅으로 바뀌면, 나무꾼과 목동이 오가며 이렇게 탄식하겠지요.

'여기가 바로 양 승상과 부인들이 즐겁게 지내던 곳이다. 그러나 그 모든 부귀와 명예, 풍류와 아름다움이 지금은 다 어디로 갔단 말인가!'

인생이란 얼마나 덧없는 것입니까?

제가 생각하니 이 세상에 유불도 삼교三敎가 있으나 불교의 경지가 가장 높습니다. 유교는 살아 있는 동안에 추구하는 바가 있지만 죽은 후에는 이름만 남을 뿐입니다. 도교는 신선이 되기를 추구하지만 얻기가 힘들어 진시황, 한 무제, 당 현종 말고는 이룬 사람이 없습니다. 사실 나는 벼슬에서 물러난 후 종종 꿈속에서 참선을 하는데 이는 분명히 불교와 인연이 있기 때문일 것입니다. 나는 곧 집을 떠나 참선의 길을 알려 주실 스승을 찾고 싶습니다. 남해를 건너 관음보살을 뵙고 오대산에 올라 문수보살을 뵈어 불생불멸 不生不滅의 도를 얻고 속세의 인연을 뛰어넘으려는 것이지요. 그런데 부인들과 한평생 살다가 이제 갑자기 이별할 생각을 하니 슬픈 마음이 곡조에 드러났나 봅니다."

여덟 낭자는 모두 전생의 바탕에 불교의 가르침이 있던 이들이라 양소유의 말을 듣고 감동해서 말했다.

"상공께서 부귀한 생활을 하시면서도 이렇게 맑은 마음을 유지하셨으니 훌륭하십니다. 저희 여덟 자매는 규방에서 향을 피우고 부처를 모시며 공께서 돌아오시길 기다리겠습니다. 밝은 스승을 만나 큰 도를 얻으시면 부디 저희들을 먼저 깨우쳐 주십시오."

양소유가 매우 기뻐하며 말했다.

"우리 아홉 사람의 마음이 이렇게 통하다니 기쁜 일입니다! 나는 내일 떠나려고 하니 오늘은 다 함께 술에 취해야겠소."

낭자들이 말했다.

"저희가 각각 한 잔씩 올리면서 상공께 이별 인사를 드리겠습니다."

잔을 씻어 술을 따르려 하는데 문득 바깥길에서 지팡이 울리는 소리가 났다. 누가 오는가 했더니 눈썹이 빼어나고 눈이 맑으며 용모가 기이한 한 승려가 들어왔다. 그는 양소유에게 예를 표하고 말했다.

"초야에 묻혀 사는 승려가 대승상께 인사를 드리오."

양소유는 승려가 범상치 않은 인물임을 알아차리고 황급히 일어나 인사를 하며 맞아들였다.

"사부께서는 어디에서 오셨습니까?"

승려가 웃으며 말했다.

"승상께서 평생의 친구를 몰라보시니, 귀인은 쉽게 잊어버린다는 말이 맞는 모양입니다."

양소유가 가만히 생각하니 정말 낯이 익은 듯했다. 문득 깨닫고는 백능파를 돌아보며 말했다.

"제가 전에 토번을 정벌할 때 동정 용궁에 갔다가 잔치를 마치고 돌아오며 남악 형산에 잠시 들렀습니다. 스님 한 분이 불경을 강론하고 계셨는데 그 스님이 아니십니까?"

승려가 큰 소리로 웃으며 말했다.

"맞습니다, 맞습니다! 그런데 꿈속에서 잠깐 본 일은 기억하시면서 십 년 동안 한곳에서 지냈던 일은 모르시는군요. 누가 승상을 총명하다고 하겠습니까!"

양소유가 약간 멍해져서 말했다.

"저는 열다섯 살이 되기 전까지 부모 슬하를 떠나지 않았습니다. 열여섯에 과거 급제하고는 계속 관직에 있느라 사신으로 가거나 전쟁에 장수로 나간 일 외에는 서울을 떠난 적이 없습니다. 제가 언제 사부와 십 년이나 함께 지낼 수 있었겠습니까?"

승려가 웃으며 말했다.

"상공은 아직 꿈에서 깨지 못하셨군요."

양소유가 말했다.

"사부께서 저를 꿈에서 깨어나게 해 주시겠습니까?"

승려가 말했다.

"그야 어렵지 않습니다."

승려는 지팡이를 들어 돌난간을 두어 번 두드렸다. 그러자 갑자기 사방에서 구름이 몰려들더니 누각을 자욱하게 감싸 아무것도 보이지 않았다. 양소유는 정신이 아득해 술에 취한 듯 꿈에 취한 듯하다가 큰 소리로 외쳤다.

"사부께서는 어찌 저를 바른 도로 이끌지 않으시고 이상한 술법으로 놀리십니까?"

말을 마치자마자 구름이 걷혔다. 승려는 간곳없고 여덟 낭자도 없었으며, 높은 누각과 주변의 많은 집까지 깨끗이 사라졌다. 다만 자신의 몸이 작은 암자 속 방석 위에 앉아 있는데 향로에는 불이 꺼져 있고 달빛이 창에 비쳐 들고 있었다. 스스로를 살펴보니 백팔 염주를 손목에 걸고 머리는 갓 깎아 까칠한 젊은 승려의 몸이었고

대승상의 모습이 아니었다. 정신이 아득해 있다가 한참이 지난 뒤에야 비로소 자신이 연화도량의 성진 스님임을 깨달았다.

성진은 생각했다.

'처음에 스승님께 야단을 맞고 지옥에 갔다가, 인간 세상에 태어나 양 씨 집 아들이 되고 장원 급제를 했구나. 한림학사가 되고 장수가 되고 정승이 된 후 두 공주, 여섯 소저와 즐기던 것이 모두 하룻밤 꿈이었구나!'

또 생각했다.

'이는 분명 사부님께서 내 잘못된 생각을 아시고 꿈을 꾸어 인간 세계의 부귀와 남녀 간의 정욕이 다 헛된 일임을 알게 하신 것이다!'

성진이 급히 세수하고 의관을 정돈한 뒤 스승 앞으로 나아가니 제자들이 이미 다 모여 있었다. 육관대사가 큰 소리로 물었다.

"성진아! 인간 세계의 부귀를 겪어 보니 어떠하냐?"

성진이 머리를 숙이고 눈물을 흘리며 말했다.

"스승님, 이제야 깨달았습니다. 제가 잘못된 생각을 품고 죄를 지었으니 인간 세상에 윤회해야 마땅합니다. 그런데도 사부님께서 하룻밤 꿈으로 저를 깨우쳐 주셨으니 그 은혜를 감히 헤아리기 어렵습니다."

육관대사가 말했다.

"네가 흥이 나서 갔다가 흥이 다해 돌아온 것이니 내가 무슨 관여를 했겠느냐. 너는 또 '인간 세상에 윤회하는 꿈을 꾸었다'고 하는데 이는 세속을 다른 세계라 한 것이니 아직도 꿈에서 깨어나지 못한 셈이다. 장주莊周가 꿈에 나비가 되었다가 나비가 장주가 되니, 어느 것이 거짓이고 어느 것이 참인지 알지 못했다. 성진과 양소유 중 어느 것이 꿈이고 어느 것이 꿈이 아니겠느냐?"

성진이 말했다.

"제가 어리석어 꿈의 세계와 참된 세계를 구별하지 못합니다. 사부님께서 저를 깨우쳐 주십시오."

육관대사가 말했다.

"이제《금강경》의 큰 법을 알려서 너의 마음을 깨닫게 하겠다. 새로 오는 제자가 있으니 잠깐 기다려라."

그때 문지기가 들어와 아뢰었다.

"어제 왔던 위 부인의 여덟 선녀가 또 왔습니다. 사부님을 뵙고 싶다 합니다."

육관대사가 들어오라 하니 팔선녀가 대사 앞에 나와 합장하고 머리를 숙이며 말했다.

"저희가 위 부인을 모시고 있었으나 제대로 배우지 못해 세속의 욕망을 가졌습니다. 그래도 대사께서 저희를 자비로운 마음으로 대해 주시어 이제야 크게 깨달았습니다. 위 부인께 하직 인사를 드리고 불가에 귀의하고자 하니 받아 주시기를 바라옵니다."

육관대사가 말했다.

"선녀들의 뜻이 비록 아름답지만 불법은 깊고 멀다. 큰 덕과 큰 소망을 갖지 못하면 이룰 수 없으니, 선녀들은 스스로 잘 생각해서 결정하라."

팔선녀가 물러나 얼굴에 바른 분을 씻어버리고 소매에서 금가위를 꺼내 검고 긴 머리를 자르고 들어왔다.

"저희는 겉으로 보이는 모습을 고쳐서 제자가 될 준비를 했습니다. 맹세컨대 사부님의 가르침을 잘 받들 것입니다."

육관대사가 말했다.

"좋다! 너희가 그렇게 할 수 있다니 참으로 좋은 일이다!"

대사는 법당에 서서 불경을 강론하기 시작했다. 부처의 광채가 온 세상을 비추고 하늘에서 꽃비가 내렸다. 육관대사가 설법을 마치고 진언眞言*을 네 구절 읊었다.

세상의 모든 일은

마치 꿈과 같고

물거품이나 그림자와 같으며

이슬과 같고 번개와도 같다

이 말씀에 성진과 여덟 여승이 일시에 깨달아 불생불멸의 진리

* 진언 부처와 보살의 가르침이 담긴 구절

를 얻었다. 육관대사가 성진의 깨달음이 높고 순수함을 보고 사람들을 모아 놓고 말했다.

"나는 본래 도를 전하기 위해 이곳에 왔다. 이제 또 부처의 가르침을 전할 곳이 있으니 돌아가겠다."

육관대사는 염주와 바리와 물병, 그리고 지팡이와《금강경》한 권을 성진에게 주고 서방정토西方淨土*로 떠났다.

그 뒤 성진이 연화도량의 사람들을 이끌며 크게 교화를 베풀었다. 신선과 용과 사람과 귀신이 모두 성진을 육관대사 대하듯이 존경했다. 여덟 여승 역시 성진을 스승으로 섬기며 보살의 큰 도를 닦아 마침내 아홉 사람이 모두 극락세계로 갔다.

---

* 서방정토 극락. 아미타불이 늘 머문다는 이상 세계다.

《구운몽》을
읽는 즐거움

김영희 해설

《구운몽》은 참 흥미로운 작품이에요. 내용 자체가 재미있기도 하지만, 독자마다 전혀 다른 평가를 내린다는 점이 인상적입니다. 어떤 이는 '부귀영화가 한낱 꿈에 지나지 않는다'는 인생무상의 교훈을 얻었다 하고, 또 다른 이는 '가벼운 연애소설일 뿐이다'라며 박한 평가를 내립니다. 한 남자의 아내가 여덟 명이라는 설정을 짚으며 '가부장제를 정당화한다'고 비판하는 목소리도 있습니다. 의견들의 온도 차가 아주 크지요. 여러분은《구운몽》을 어떻게 읽어 왔나요?

작품을 둘러싼 해석이 다양하다는 것은, 풍성한 생각을 일으키는 장치가 많다는 뜻입니다.《구운몽》은 독자가 어떤 지점을 발견해서 어떤 의미를 부여하느냐에 따라 이해의 폭과 깊이가 달라진 답니다. 그런 점에서 이 작품을 더 입체적으로 읽어 내는 데 도움이 될 수 있는 몇 가지 방법을 소개하려 해요. 여러분이 '이렇게도 해석할 수 있구나!'라는 쾌감을 얻고 다시 《구운몽》의 첫 장을 열어 보길 바랍니다.

모든 일이 마음먹은 대로
이루어지는 삶

형산 연화봉에서 도를 닦는 승려 '성진'은 '육관대사'의 제자 중 가장 뛰어났습니다. 대사의 뒤를 이을 사람으로 지목되기까지 했던 그의 인생은, 아름다운 '팔선녀'를 만난 후 완전히 다른 방향으로 흘러갑니다. 속세의 삶을 부러워하게 된 것이지요. 승려의 삶이 지루하다고 여기는 성진의 마음을 알아챈 육관대사는 세상의 부귀영화를 그리워한 죄를 물어 그를 인간 세상으로 쫓아냅니다. 성진은 '양소유'라는 인물로 다시 태어나요.

하지만 양소유의 삶은 벌이라고 보기엔 너무나 화려하고 멋집니다. 여러분도 고개를 갸웃하지 않았나요? 많은 것을 마음껏 누리는 삶이 벌이라니.

양소유는 날 때부터 비범합니다. 이를 알아본 사람들이 알아서 곁에 모이고, 따르지요. 고작 17세에 조정을 배반하고 새 나라를 세운 '연왕'을 타일러 전쟁을 막아 냅니다. 어떤 전략도 없이 타고난 말솜씨로 항복시킵니다. 이 이야기만으로도 양소유가 얼마나 순탄한 인생을 사는지 알 수 있습니다.

힘들이지 않아도 모든 일을 뜻대로 이루는 주인공은 부럽긴 하지만 매력적이지는 않지요. 여러분이 《구운몽》을 읽으며 '이상하게 양소유에게 정이 안 붙네…' 싶었다면, 이 설정이 원인이었을 가능성이 큽니다. 사람들은 주인공이 고난을 겪을 때 내 일처럼 안타까워하며 애정을 쏟거든요.

굳이 이런 방식으로 양소유의 일대기를 풀어 낸 작가의 의도는 무엇이었을까요? 김만중은 수많은 글을 읽어 온 이름난 문인이었으니 독자가 어떻게 느낄지 능히 짐작했을 텐데 말입니다.

의문에 대한 답을 성진이 연화도량에서 쫓겨나기 전 품었던 생각에서 찾아봅시다.

> "남자가 세상에 태어나면 어려서는 글을 읽고, 자라서는 어진 임금을 모시며 전쟁터의 장수나 조정의 대신이 되는 것이 대장부가 할 일이라지. 비단옷에 옥허리띠를 매고 궁궐에 들어가 정치를 돌보며 백성에게 은혜와 도움이 미치게 하고 후세에 이름을 남기는 것이 진정한 보람 아닌가."

성진은 속세의 삶을 그릴 때 주로 '얻는 것'들을 떠올립니다. 성취를 위해 감내해야 할 일들은 생각하고 있지 않아요. 소원대로 양소유로 다시 태어나 성공으로 점철된 삶을 경험하지요. 그러나 바랐던 모든 것을 손에 쥔 후, 양소유가 느낀 감정은 만족감이나 뿌

듯함이 아니었어요.

"나는 회남 지방에서 온 가난한 선비였으나 황제의 은혜로 벼슬이
재상에 이르렀습니다. 그동안 낭자들과 백 년을 하루같이 정을 나누
었으니 이는 전생의 인연이라 하겠습니다. 그런데 인연이 다하면 돌
아가는 것이 사람의 운명입니다. 우리도 백 년이 지나 높은 누각이
사라지고 연못이 메워지고 노래하며 춤추던 곳이 황폐한 땅으로 바
뀌면, 나무꾼과 목동이 오가며 이렇게 탄식하겠지요.
'여기가 바로 양 승상과 부인들이 즐겁게 지내던 곳이다. 그러나 그
모든 부귀와 명예, 풍류와 아름다움이 지금은 다 어디로 갔단 말인
가!'
인생이란 얼마나 덧없는 것입니까?"

그의 말을 어떻게 이해하면 좋을까요? '인간의 삶은 허무하다'
고 해석하는 입장도 있지만, 지나친 허무주의입니다. 양소유의 일
생을 경험하고 연화봉에 돌아온 성진과 육관대사가 나눈 대화에
서 작가가 독자에게 전하고 싶었던 바를 추론할 수 있어요.
하룻밤 꿈으로 자신을 깨우쳐 주어 감사하다고 울며 절하는 성
진에게 육관대사는 "네가 흥이 나서 갔다가 흥이 다해 돌아온 것
이니 내가 무슨 관여를 했겠느냐"라고 합니다. 성진이 인간 세상
으로 윤회한 것은 성진의 '선택'이었다는 것입니다. 그는 양소유로

서의 삶을 '꿈'이라고 폄하하는 성진을 향해 "어느 것이 꿈이고 어느 것이 꿈이 아니겠느냐?"라며, 인간 세상에서의 경험은 깨달음을 주었다는 점에서 무의미하지 않고 현재 성진의 사고를 구성하는 '현실'이라고 말하지요. 너의 모든 경험은 '지금'을 만드는 일에 기여했으니 의미가 있다고 보아야 한다는 거예요. 그래서 이 소설의 주제는 인생무상이라고 할 수 없습니다.

인생을 가치 있게 만드는 데 필요한 것

짚어야 할 점은 '양소유의 성취에는 노력이 빠져 있었다'예요. 우리는 흔히 남이 가진 것들을 보고 '저렇게 되고 싶다!'며 부러워합니다. 하지만 땀 흘리지 않고, 아무 대가 없이 얻은 성공은 공허합니다. 성진이 선망한 속세의 삶이 모두 '결과'에 초점을 두고 있었고, 실제로 '과정'이 생략된 성취가 촘촘히 박힌 일생을 맛본 그가 느낀 감정이 덧없음이었다는 이야기는 우리에게 인간의 삶에 의미를 부여하는 것의 정체를 깨닫게 합니다. 무엇을 얻느냐가 아니라, 어떤 과정을 걸어왔는지가 중요하다는 점을 확인하게 하지요. 양소유의 삶은 매우 귀한 체험입니다. 무엇이 인간을 허무하게 하는가를 고민하도록 이끄니까요.

고전소설의 주인공들은 대개 출중한 능력을 갖습니다. 학문이

건 무예건 빠지는 것이 없어요. 원래도 뛰어나지만 노력하는 과정도 있습니다.《홍길동전》을 보면 길동이 밤늦도록 책을 읽고 검술을 연마하는 장면이 그려져 있습니다. 그에 반해《구운몽》에는 양소유가 성취를 위해 쏟는 노력이 언급되지 않아요. 아주 큰 차이입니다.

또 하나의 차이는 질서를 대하는 방식이에요. 홍길동은 의적이 되어 사찰과 관아의 재물을 훔친 뒤 굶주린 민중에게 나누어 줍니다. 주류 사회에서 배척되어 온 이들을 모아 율도국이라는 새로운 나라를 세우고요. 기존의 체제와 질서를 흔들며 다른 가능성을 제시하는 인물이지요.

하지만 양소유는 사회 질서에 고민 없이 순응하고 그것을 유지하는 데 힘씁니다. 주어진 길을 그저 따라 걸을 뿐인 양소유의 '안전한' 선택들도 허무의 농도를 짙게 하는 요인이 되었을 거예요. 승상의 지위까지 오른 양소유가 생각하는 좋은 국가의 상은 작품에 한 번도 제시되지 않습니다. 높은 관리로서 그가 하는 일들은 모두 황제의 권력을 확고히 하는 거예요. '나라의 도적'으로 불렸던 홍길동과 반란 진압에 공헌한 양소유는 대척점에 서 있습니다. 사실, 세속적인 성공을 거둘 수 있는 가장 확실한 방법은 체제를 받아들이는 것이지요.

《구운몽》의 작가 김만중 또한 양소유와 다릅니다. 김만중은 아닌 것을 아니라고 말하는 대쪽 같은 성품으로 유명했거든요. 그는 숙종의 총애를 받던 장희빈의 모친이 조정 인사권에 간여하고 있음을 비판했다가 귀양을 떠나요. 《구운몽》은 귀양 중에 쓴 작품으로 알려져 있지요. 김만중은 《구운몽》을 지으며 자신의 직언이 가치 있는 선택이었다고 되새기지 않았을까요.

여덟 구름에 대한
이야기

마지막으로 힘주어 말하고 싶은 바는 작품 속 여성들의 이야기입니다. 남성 한 명이 여덟 아내와 연을 맺는다는 설정은 21세기 독자로서 아쉬움을 느낄 수밖에 없는 지점이에요. 실제로 '성 역할에 대한 인식이 시대착오적이다'라는 이유로 《구운몽》을 고전으로 인정하지 않는 사람도 있습니다. 그러나 《구운몽》을 처음부터 끝까지 모두 읽고 나면, 여덟 여성이 단지 '양소유의 여인'으로만 존재하지 않는다는 걸 알 수 있어요.

이 작품에는 아내들이 양소유에게 다른 여성을 배필로 소개하는 모습이 자주 등장합니다. '계섬월'은 양소유를 속여 자신의 오랜 친구 '적경홍'과 밤을 보내게 한 뒤 새로운 아내로 맞이하게 해요. 현대인의 상식으로는 기절초풍할 만한 일이지요. 도무지 납득이 되지 않는 이런 대목들을 짚으며 《구운몽》은 퇴폐적인 소설'이라고 하는 이들도 많아요.

하지만 여러분, 《구운몽》은 여성들의 진한 우정을 그려 낸 소설이랍니다. 여인들은 가까이 지내고 싶은 이, 헤어지고 싶지 않은 이들을 양소유에게 아내로 천거합니다. 첫째 아내 '정경패'는 형제처럼 사랑하던 시녀 '가춘운'을 양소유의 첩으로 데려가겠다고 결심해요. 가춘운은 "저는 죽을 때까지 소저를 모시기만 하고 싶습니다"라며 제안에 동의하고요. 정경패가 혼인으로 새로운 가정을 꾸린다면 두 사람은 어쩔 도리 없이 헤어져야 합니다. 그 상황에서 친구를 영원히 곁에 둘 수 있는 유일한 방법은 바로 양소유와 동시에 혼인하는 일이었지요. 두 번째 아내 '난양공주'가 '진채봉'을 데려갈 때도 "진 씨를 아끼고 사랑하니 헤어지고 싶지 않습니다"라는 문장이 나옵니다.

《구운몽》의 여성들은 주체적입니다. 이들의 선택이 자신을 둘러싼 관계를 스스로 구축하려는 노력이기 때문입니다. 조금 더 급진적으로 해석해 보자면, 이 혼인의 목표는 양소유와 사랑을 나누는 것이 아닐 수도 있습니다. 사랑이라는 감정에는 상대를 독점하고 싶다는 욕망이 수반되기 마련이잖아요. 아내들이 양소유를 정말 사랑했다면 그가 다른 여성과 마음을 나누는 시간이 고통스럽지 않을까요?

그런 우려 없이 배우자에게 '이 멋진 여성과 새로운 인연을 맺어 달라'고 했다는 것은, 이들이 혼인을 통해 기대하는 바가 양소유와의 사랑이 아니라 새로운 여성들과 쌓는 우정이라고 볼 수 있는 근거가 되지요. "남자들은 천하에서 벗을 얻어 우정을 나누며 어진 덕을 쌓는데 여자들은 밖에서 교유할 수가 없으니 어디 가서 잘못을 고치고 학문을 닦을까 한탄합니다"라는 난양공주의 말에서도 짐작할 수 있습니다.

여덟 여성의 주체성은 작품의 말미에서 더 멋진 방식으로 발현됩니다. 당시 사회의 지배적 질서였던 신분제를 초월한 우애를 나누는 것이지요.

> 하루는 두 부인이 의논해서 말했다.
>
> "옛날에는 여러 자매가 한 나라로 시집가서 처도 되고 첩도 되었는데 우리 이처 육첩이 각자 성씨는 다르지만 형제자매라고 불러야 하지 않겠나."
>
> 여섯 낭자가 감히 그럴 수 없다 했고 가춘운, 적경홍, 계섬월은 더욱 강하게 사양했다. 그러자 정경패가 말했다.
>
> "유비, 관우, 장비는 임금과 신하 사이였지만 형제의 의리를 저버리지 않았어. 나와 춘랑은 어릴 때부터 벗이니 어찌 형제가 되지 못하겠는가? 부처님의 아내 야수부인과 창녀였던 등가녀도 나중에는 모두 같은 승려가 되어 부처님의 제자가 되고 깨달음을 얻었으니 애초의 신분이 무슨 상관이겠는가?"

이들이 형산에서 팔선녀로 지내던 시절에는 신분의 차이가 없었어요. 대등한 친구였습니다. 그러다 인간 세계에서 누구의 자손으로 탄생했느냐에 따라 용왕의 딸, 공주, 기녀, 자객, 시녀 등으로 촘촘히 분류된 지위를 갖습니다. 신분 차이는 이들이 양소유를 만나기 전까지 경험하는 삶을 제각기 다른 모습으로 구성하지요. 여덟 아내가 처와 첩으로 구분되어 있던 자신들의 관계를 스스로 평등하게 만들어 형산과 동일한 상태로 돌아가는 장면은, 신분의 귀함과 천함을 굳이 분류하는 사회에 대한 우아한 비판이자 반항입니다. 주어진 질서를 따르는 양소유와 견주어 본다면 훨씬 자유롭고 당찬 자세로 인생의 국면을 바꾸어 나간다고 이야기할 수 있어요.

이 작품의 제목이 '구운몽'이라는 점을 다시 떠올려 봅시다. '아홉 구름이 꾸는 꿈'이라는 뜻만 두고 본다면 주인공은 양소유 개인이 아니라 인간 세계에 환생한 아홉 명 모두라고 보는 것이 옳아요. 저는 여러분이 《구운몽》을 읽을 때 여덟 여성에게 의식적으로 무게를 실어 해석해 주길 바랍니다. 한 남자가 여덟 아내를 두었다는 자극적인 요약 때문에 이 멋진 여성들의 관계성과 주체성이 묻히는 건 너무 아쉽기 때문이에요. 개인적으로는 팔선녀에 대한 저평가된 해석에 여성을 바라보는 일반적인 세상의 시선이 반영된 것 같아 씁쓸하기도 합니다. 우리는 왜 이렇게 오랫동안 '여덟 구름'을 더 적극적으로 해석하지 않았을까요?

다양한 방식과 색채로 발현되는
인간의 품격

육관대사, 성진/양소유, 팔선녀/여덟 아내, 그리고 저자인 김만중까지,《구운몽》을 통해 우리가 만나는 인물들은 각각의 품격을 갖습니다. 명색이 주인공인데 평가 절하된 듯한 양소유도 사실 정말 하기 힘든 일을 해낸 인물이에요. 인간이 꿈꾸는 모든 것을 이루어 냈지만 '나는 대단해'라는 자아도취에 빠지지 않으니까요. 그 자리에 멈추어 서서 자신의 부족한 점을 발견하고 배움을 구하기 위해 불교에 귀의해요. 양소유의 소회에서 잠시 등장하는 진시황제를 보세요. 세상 모든 것을 다 가졌다고 여긴 시점에 '그러니까 난 죽지 않겠다'며 불멸불사를 꿈꾸잖아요. 인간의 욕심은 끝이 없다는 말을 생각해 보면, 생의 끝자락에서 가진 것을 다 버리고 속세를 떠나는 양소유의 선택은 대단합니다. 실은 가장 힘든 일일지도 몰라요.

책을 읽다 보면 각기 다른 방식으로 구현되는 수많은 인간의 멋짐을 확인하게 됩니다. 그중 가장 마음에 와닿는 방식을 부지런히 쫓게 되지요. 여러분에게 가장 가깝게 다가간 멋짐은 무엇인지 궁금하네요.